你未曾谋面的最熟悉诗词

時光和弦

穿越在时光的流彩里，
以今时的诗歌吟出前尘的余响

乌一行 雁北 云月山人 编著

中国铁道出版社有限公司
CHINA RAILWAY PUBLISHING HOUSE CO., LTD.

内 容 简 介

本书精选读者喜闻乐见、耳熟能详的古代诗词七十余篇，采用文字、画面、声音三合一的表达方式，试图从不同的感官去演绎这些诗词，从新的角度去引导学生感受美，体会情，领悟其中的人文关怀。全书按情感的类别划分章节，分别为：思乡念旧、怀古伤今、惺惺相惜、相思爱慕、羁旅之愁、怀才壮志、边塞征战、抒怀感慨、时令节气、风景生活。

本书适合作为诗词爱好者的课外读物和创作范本，并适合作为礼物馈赠文人与学者或供文学爱好者收藏。

图书在版编目（CIP）数据

时光和弦/乌一行，雁北，云月山人编著. —北京：中国铁道出版社，2019.4

ISBN 978-7-113-25494-0

Ⅰ.①时… Ⅱ.①乌… ②雁… ③云 Ⅲ.①古典诗歌-诗集-中国 Ⅳ.①I222

中国版本图书馆CIP数据核字（2019）第021881号

书　　名：**时光和弦**
作　　者：乌一行　雁　北　云月山人　编著

策　　划：潘星泉　　**读者热线**：（010）63550836
责任编辑：潘星泉
封面设计：刘海涛
封面制作：刘　颖
责任校对：张玉华
责任印制：郭向伟

出版发行：中国铁道出版社有限公司（100054，北京市西城区右安门西街 8 号）
网　　址：http://www.tdpress.com/51eds/
印　　刷：北京柏力行彩印有限公司
版　　次：2019 年 4 月第 1 版　2019 年 4 第 1 次印刷
开　　本：787 mm×1 092 mm　1/12　**印张**：25　**字数**：150 千
书　　号：ISBN 978-7-113-25494-0
定　　价：88.00 元

前　　言

2016 年 8 月，古诗词鉴赏读本《千年古韵·相逢今生》出版。在这本书里，我们（乌一行和雁北）做了一个有意思的尝试：以类似唱和的方式来完成对古代诗词的鉴赏，为一首古诗写一首现代诗或是散文。这样的一个尝试让这本书不仅仅是鉴赏，更有了作者的独立思维和对美的延展考量。

乌一行是独立广告策划师，雁北是心理咨询师。我们都不是科班出身，但不拘泥于束缚，天马行空的思维模式，让这本书趣味横生。在这本书里，我们许下心愿：这个时代信息纷繁到足以让我们每个人都出现选择困难症，我们希望以文学再创作鉴赏诗词的方式，邀请读者不仅仅是简单地接收信息，而是用想象、用实践参与到文学再创作里，加入属于自我的部分，真正按下主动学习的启动键。本书留有的大量空白，即是为读者留下的想象和创作空间。

果然，《千年古韵·相逢今生》出版后，我们收到很多回馈，有很多读者参与到文学的再创作中来，同时很多伙伴大量提到了读本里的画面感和音律感，这给了我们很大的启发，是啊，一首古诗、一个应和，音律奏响，清风、明月、江湖泛波，意境象涟漪，慢慢晕染开来……诗与声律，文字与意境，本身就是密不可分，相辅相成的啊！

基于这样的脑洞大开，我们决定出版新书《时光和弦》，以《千年古韵·相逢今生》为基础，但又和《千年古韵·相逢今生》完全不同。它甚至都不是《千年古韵·相逢今生》的升级版，从内容和设计上，《时光和弦》几乎是一本新书。我们邀请到新的作者、云南知名书法家云月山人加入。除了原来的古诗、应和，云月山人还根据意境和自己的理解，为全书创作了水墨画作，这些画作契合诗词的意境，稚趣天然，和原有的内容几乎是浑然天成，不分你我，似乎他们天然就应该在一起。同时雁北和乌一行根据诗词本身的音律、意境，精选了音乐，并用朴素真挚的朗读，让这本书有了一个深情而柔软的背景，它让整本书变得更完整，更立体，更有生命力。（欢迎关注荔枝号：1471802；喜马拉雅号：雁北泊心工作室）

是的，亲爱的读者，当你拿到这本书时，你会发现，这是一本有诗、有应和、有画、有音律的书。应和部分的再创作邀请你展开自我解读模式，画面部分满足你对意境延展的想象，而音频部分接管你的碎片时间，在零散的忙碌里也可以在诗与美中找回宁静。

看，夏雨打荷，冬雪静落，花鸟鱼虫，万物生长，古人以诗为画笔，绘出迷人彩卷；听，在高山之巅，在清风朗月之下，前人站在那里，白衣胜雪，以自己美妙的文字发出了动听的声音；我们能做的就是，整一整衣冠，隔着千年的时光，尽力去应和，如果古人是琴，我愿成瑟；古人是高山，我愿做流水。子期伯牙，隔着时光，也能奏出曼妙的和弦。

婆娑心意，愿你懂得。

乌一行　雁　北

2018 年 7 月于昆明

目　录

第一章
思乡念旧

001
沙漠的孤烟，挡不住报国的嘶吼 —— 渔家傲·秋思 002
002
隐藏的思念已经慢慢登场 —— 九月九日忆山东兄弟 006
003
天涯不等缓缓归 —— 泊船瓜洲 010
004
家是中华儿女不变的牵挂 —— 游子吟 014
005
异乡的温柔，难改我乡音一口 —— 回乡偶书二首·其一 018
006
我不过偶尔，在酒坊里为他把盏…… —— 菩萨蛮·人人尽说江南好 021
007
玉笛声下影孤单 —— 鹧鸪天·楼上谁将玉笛吹 025
008
也许一二月，也许半载后 —— 匪风 029

第二章
怀古伤今

001
只因男儿从不伤离别 —— 念奴娇·赤壁怀古 034
002
秦淮烟火倒影青石路 —— 泊秦淮 040
003
岁月的荒丘侵蚀了绝世的风采 —— 登金陵凤凰台 045
004
若是西施如狐媚，古越灭国怪谁来？ —— 西施 049
005
深爱着落花的蝴蝶，彻夜不眠 —— 双调·折桂令·九日 053
006
明月依稀如旧，便是我心 —— 人月圆·伤心莫问前朝事 057
007
情到深处不自禁 —— 临江仙·寒柳 061

第三章
惺惺相惜

001
碧空故人影子 —— 黄鹤楼送孟浩然之广陵 066
002
若有缘，千里比邻始终将 —— 送杜少府之任蜀州 070
003
挥挥手，远山芳草渐重叠 —— 送友人 074
004
喝上一坛辣嘴的包谷酒 —— 过故人庄 078
005
遥远的路途，阻挡不了英雄向前 —— 别董大・其一 082
006
看完漫天的花雨，一个人静静离去 —— 玉楼春・尊前拟把归期说 085
007
横舟停，举樽遥敬已成奢 —— 淮上与友人别 089
008
但愿汉水的清晨，不再如此凄凉 —— 别宋常侍 093

第四章
相思爱慕

001
三寸距离，却千年时光 —— 蒹葭 098
002
谁在春水里寻觅我的痕迹？—— 卜算子・我住长江头 102
003
缺了相守，我好看给谁看呢？—— 蝶恋花・庭院深深深几许 106
004
故事，就停在这里挺好 —— 凤求凰 110
005
小时候，我们总爱问：后来呢？—— 木兰词・拟古决绝词柬友 114
006
你是我隐约的念 —— 三五七言诗 118
007
衰老的翅膀，载不动，许多愁 —— 声声慢・寻寻觅觅 121

第五章

羁旅之愁

001
淡淡的思念顽强的生长 —— 别舍弟宗一 126

002
陌上谁识太玄经 —— 侠客行 130

003
散尽繁华，只不过一掬尘土 —— 塞上曲・其一 134

004
薄酒里再添一把胡笳 —— 天净沙・秋思 138

005
巴西的蜀道，一头牵着思乡的甜 —— 巴山道中除夜书怀 142

006
夜半里独自唱歌的灯笼 —— 长相思・山一程 146

007
朝食暮啖，烟火相亲 —— 暮过山村 149

008
渔夫、书生和诗人的梦 —— 旅宿 153

第六章

怀才壮志

001
好男儿理当战死沙场 —— 满江红・怒发冲冠 158

002
振翅在晨夕分明的云底 —— 望岳・其一 162

003
让我的尸体裹着军旗默示梦想 —— 从军行 166

004
以我忠诚，再换十年兴旺 —— 望阙台 170

005
整个秋天都在歌唱 —— 始闻秋风 173

第七章

边塞征战

001
塞外的白云大漠的烟 —— 凉州词 178
002
春天依然还在 —— 春望 182
003
醉卧沙场人未回 —— 凉州词二首・其一 186
004
塞外风流问金刀 —— 出塞二首・其二 191
005
丹青尽染，难为一世功名 —— 效古诗 194

第八章

抒怀感慨

001
伤心却似横塘堤，挡不住连绵岁月一场雨 —— 惜春词 198
002
举杯对银烛，他已不可及 —— 望江南・三月暮 202
003
不甘俯首作诗文 —— 剑门道中遇微雨 206
004
我在怀里，揣了一把隔夜的梦 —— 长安夜雨 210
005
从春天最温柔的地方开始 —— 春日 214
006
故乡会来寻我 —— 晚次乐乡县 218
007
从此间，花事葬了龙涎香 —— 鹧鸪天・寒日萧萧上琐窗 222
008
赋首新词为君歌 —— 浣溪沙・一曲新词酒一杯 226

第九章

时令节气

001
未见冬色临，倒似春华近 —— 早冬 230
002
爱看那，冬雪点来水墨画 —— 大德歌·冬景 234
003
青梅前，你恍然欠我一诺 —— 秋夕 238
004
棋子不知何处落，傻等灯花渐渐弱 —— 约客 242
005
南朝楼台里，谁站了千年 —— 江南春 246
006
拿个弹弓打黄鹂，小心你爸揍你 —— 清明日 250
007
一首少女才会懂的词牌 —— 浣溪沙·淡荡春光寒食天 254
008
牛郎对织女，不尽对无穷 —— 鹊桥仙·纤云弄巧 257

第十章

风景生活

001
罗裳沾翻了甜甜的桃花酒 —— 采桑子·荷花开后西湖好 262
002
他已走，我还留 —— 黄鹤楼 266
003
直入淡淡水云间 —— 酒泉子·长亿西湖 270
004
坐在时光的深处，跟你话一话桑麻 —— 归园田居·其三 274
005
悠悠心生白云意 —— 积雨辋川庄作 278
006
唱过人间好，又唱松间风 —— 下终南山过斛斯山人宿置酒 282
007
种在我心的深处，长满了整个秋季 —— 南乡子·秋暮村居 286

第一章

思乡念旧

沙漠的孤烟，挡不住报国的嘶吼

001

渔家傲·秋思

作品　渔家傲①·秋思

作者　宋·范仲淹

塞②下秋来风景异，衡阳雁去③无留意。四面边声④连角起。
千嶂⑤里，长烟落日孤城闭。

浊酒一杯家万里，燕然未勒⑥归无计。羌管⑦悠悠⑧霜满地。
人不寐⑨，将军白发征夫泪。

注释

①渔家傲：又名《吴门柳》《忍辱仙人》《荆溪咏》《游仙关》。词牌名，北宋流行，有用以作『十二月鼓子词』者，也是曲牌名，南北曲均有。南曲较常见，属中吕宫，又有二：其一字句格律与词牌同，有只用半阕者，用作引子；另一与词牌不同，用作过曲。本调六十二字；前后阕相同，完全惟七言仄韵诗两绝合为一。其所不同者仅有第三句协韵，以及下添一个三字句而已，但此三字句亦须协韵。七言句第一三字平仄虽可通融，故如杨慎词，于后半第三句作仄平平仄平平仄。

②塞：边界要塞之地，这里指西北边疆。据考证，范仲淹写这首词大约是在宋康定元年（1040年）至庆历三年（1043年）间，当时他镇守西北边疆。

③衡阳雁去：这是雁去衡阳的倒装句。传说秋天北雁南飞，至湖南衡阳回雁峰而止，不再南飞。

④边声：这里指边塞一些具有明显识别特征的声音，如大风的呼啸声、号角声、少数民族乐曲如羌笛声，以及边塞最常见的马啸声等声音。

⑤千嶂：嶂是指如同屏障一样的山峰，这里形容山峰连绵不绝，遮挡一切。

⑥燕然未勒：燕然即燕然山，今名杭爱山，在今蒙古国境内。据《后汉书·窦宪传》记载，东汉窦宪率兵追击匈奴单于，去塞三千余里，登燕然山，刻石勒功而还。故这里指战事未平，功名未立。

⑦羌管：羌笛，出自古代西部羌族的一种乐器。

⑧悠悠：形容羌笛的声音悠扬而飘忽不定。

⑨寐：睡，不寐就是睡不着。

秋思

北国的寒风，
缓缓吹过了我的眼眸。
秋天来的时候，
又听见大雁南飞的低叩。
故乡的姑娘，
你是否还在为我等候？
我听见牧马的悲鸣里，
有你淡淡的哀愁。
来，让我饮一杯浊酒，
天边的落日，
是我那无尽的等候。

归去的燕子，
请带去我思念的问候；
那断续的羌笛，
安抚着霜雪漫天的枯构。
此刻的我，
又梦回出征的回忆中，
你纤纤小手的掌心里，
画满相思的红豆。
去，男儿自当沙场死，
沙漠的孤烟，
挡不住报国的嘶吼。

隐藏的思念已经慢慢登场

002

九月九日忆山东兄弟

作品　九月九日[①]忆[②]山东[③]兄弟

作者　唐·王维

独在异乡[④]为异客，

每逢佳节[⑤]倍思亲。

遥知兄弟登高[⑥]处，

遍插茱萸[⑦]少一人。

注释

①九月九日：我国古代把九定为阳数，农历九月九日，月日并阳，两阳相重，两九相叠，故名「重阳」，又名「重九」。

②忆：想念。

③山东：王维迁居于蒲县（今山西永济县），在函谷关与华山以东，所以称山东。

④异乡：他乡、外乡。为异客：作他乡的客人。

⑤佳节：美好的节日。

⑥登高：登高是重阳节的重要风俗。此俗由汉代汝南人桓景在九月九日登高以避灾故事而来。

⑦茱萸（zhūyú）：一种香草，即草决明。古时人们认为重阳节插戴茱萸可以避灾克邪。

‖时光和弦‖

日历

我摸到，
风吹小路打散一地看上去很美的荒芜。
我看见，
云朵遮住风声捉弄满树喝醉的叶影在笑。
我听见，
秋阳照耀的影子下有东西开始生长。
我以为，
所有想念和逃跑都是他们强迫我的。

可是，
旧黄的日历又撕去一页了，
在九月九的重阳，
隐藏的思念已经慢慢登场。
我们在，
天涯的不同地方，
用同一株茱萸，
祭奠同一种曾经逝去的念想。
看着它，
如同春芽般在荒芜的山顶夺目生长。
是的，
所有的掩盖都是欲盖弥彰。
我的思念，
在九月的悲凉里，
穿过天际 回归故乡。

天涯不等缓缓归

003

泊船瓜洲

作品　泊船[1]瓜洲

作者　宋·王安石

京口[2]瓜洲[3]一水[4]间[5]，
钟山[6]只隔数重山。
春风又绿[7]江南岸，
明月何时照我还？[8]

注释

①泊船：停船。泊，停泊。指停泊靠岸。

②京口：古城名。故址在江苏镇江市。

③瓜洲：镇名，在长江北岸，扬州南郊，即今扬州市南部长江边，京杭运河分支入江处。

④一水：一条河。古人除将黄河特称为『河』，长江特称为『江』之外，大多数情况下称河流为『水』，如汝水、汉水、浙水、湘水、澧水等。这里的『一水』指长江。一水间指一水相隔之间。

⑤间：根据平仄来认读 jiàn 四声。

⑥钟山：今南京市紫金山。

⑦绿：吹绿，拂绿。

⑧还：回。

‖时光和弦‖

回家

谁还记得陌上的青苗，
绿浪风低云高，
忽如一夜来春风，
穿过松林，
渡过溪崤，
吹拂梦里依依草。
谁在陇上锄禾，
只道瓜州春好，
钟山稻花未抽条，
结实还早，
归乡路如此遥遥。

谁能陪我看一路山峭，
江岸远摹近描，
归心似箭的船儿，
过了水月村，
越过镜花岭，
惹来湛湛菱角俏。
故里明月沟渠，
犹记旧居畔桥，
天涯不等缓缓归，
此心未老，
待我入梦寻花照。

家是中华儿女不变的牵挂

004

游子吟

作品 游子吟①

作者 唐·孟郊

慈母手中线，
游子②身上衣。
临③行密密缝，
意恐④迟迟归⑤。
谁言⑥寸草心⑦，
报得⑧三春晖⑨。

注释

①游子：古代称远游旅居的人。吟：诗体名称。

②游子：一是指诗人自己，同时也泛指所有离乡的人。

③临：将要。

④意恐：担心。

⑤归：回来，回家。

⑥谁言：一作『难将』。言：说。

⑦寸草：小草。这里比喻子女。心：语义双关，既指草木的茎干，也指子女的心意。

⑧报得：报答。

⑨三春晖：三春：旧称农历正月为孟春，二月为仲春，三月为季春，合称三春。晖：阳光。直译为春天灿烂的阳光，指慈母之恩。形容母爱如春天温暖、和煦的阳光照耀着子女。

‖时光和弦‖

在哪里

小时候，
家是一盏豆大的油灯，
奶奶在灯下纳着鞋底，
我在炕头上认真地学习。
那时候宠爱在哪里，
家就在哪里。

离家后，
家是一盒精致甜美的月饼，
母亲亲手细磨的豆沙，
我在异乡细细地品。
那时候亲情在哪里，
思念就在哪里。

再后来，
家是一桌精心制作的饭菜，
妻子日渐粗糙的手指，
我却慢慢发福的肚子。
那时候爱情在哪里，
珍惜就在哪里。

年老了，
家是一件温暖的羊毛衣，
儿女尽心地挑选买来，
我却固执地不愿脱下洗涤。
那时候关爱在哪里，
牵挂就在哪里。

我相信，
家是中华儿女不变的牵挂，
哪怕隔着千山万水，
纵有无穷相思寄语。
中国人在哪里，
明月就在哪里。

异乡的温柔，难改我乡音一口

回乡偶书二首·其一

005

作品　回乡偶书[1]二首·其一

作者　唐·贺知章

少小离家[2]老大[3]回，
乡音[4]无改[5]鬓毛衰[6]。
儿童相见[7]不相识[8]，
笑问[9]客从何处来。

注释

①偶书：随便写的诗。偶：说明诗写作得很偶然，是随时有所见、有所感就写下来的。

②少小离家：贺知章三十七岁中进士，在此以前就离开家乡。

③老大：年纪大了。贺知章回乡时已年逾八十。

④乡音：家乡的口音。

⑤无改：没什么变化。一作『难改』。

⑥鬓毛：额角边靠近耳朵的头发。一作『面毛』。衰：在《辞海》中有两种读音和意义：一：(shuai) 衰落；衰退。如：年老力衰。二：(cui)1. 依照一定的标准递减。此字亦通『缞』。指古时丧服，用粗麻布制成，披于胸前。从诗句语境来看，『衰』应作减少讲，即口音未变却已鬓发疏落、减少。而且，古人作诗讲究合辙压韵，『衰』应与首句尾字『回』压『ui』韵。故此句中『衰』读作『cui』，一声。指老年人头发稀疏减少，显得疏落，衰败。

⑦相见：即看见我；相：带有指代性的副词。

⑧不相识：即不认识我。

⑨笑问：笑着问，也有不同版本指出此处一作『却问』，一作『借问』。

‖时光和弦‖

回乡偶书

曾记否，
江南烟波里起舞的水袖，
合着来去天涯未尽的问候。
苍茫大地，
往何处且停且缓走。
请原谅我是晚来的归客，
异乡的温柔，
难改我乡音一口。

曾记否，
斜阳下浓墨淡彩的钟楼，
不知岁月蹉跎的牧童老牛。
回忆依旧，
步履处且行且回首。
谁记得我是远方的游子，
久违的笑问，
奈何我两鬓霜染眸。

我不过偶尔，在酒坊里为他把盏

006

菩萨蛮·人人尽说江南好

作品　菩萨蛮[1]·人人尽说江南好

作者　唐·韦庄

人人尽说江南好[2]，游人[3]只合[4]江南老[5]。
春水碧于天，画船听雨眠。
垆边[6]人似月，皓腕凝霜雪[7]。未老莫[8]还乡，
还乡须[9]断肠。

注释

①菩萨蛮：词牌名。本为唐教坊曲，后用为词牌，也用作曲牌。亦作《菩萨鬘》，又名《子夜歌》《重叠金》等。唐宣宗大中年间，女蛮国派遣使者进贡，她们身上披挂着珠宝，头上戴着金冠，梳着高高的发髻，让人感觉宛如菩萨，当时教坊就因此制成《菩萨蛮曲》，于是后来《菩萨蛮》成了词牌名。另有《菩萨蛮引》《菩萨蛮慢》。《菩萨蛮》为双调，四十四字，属小令，以五七言组成。下阕后二句与上阕后二句字数格式相同。上下阕各四句，均为两仄韵，两平韵。前后阕末句多用五言拗句『仄平平仄平』，亦可改用律句『平平仄仄平』。

②江南好：白居易《忆江南》词首句为『江南好』，作者以此入句。

③游人：这里指飘泊江南的人，即作者自谓。

④只合：只应，就应该。

⑤江南老：在江南老去。

⑥垆边：指酒家。《史记·司马相如列传》记载，『买一酒舍沽就，而令文君当垆。』垆，旧时酒店用土砌成酒瓮卖酒的地方。

⑦凝霜雪：像凝聚的霜雪那样洁白。此句形容双臂洁白如雪。

⑧莫：不要，不可。

⑨须：必定，肯定。

那一年，一袭青衣终难忘

那一年，我十六，生在江南，自然就是江南的女子。也许江南的烟雨是如此惹人艳慕，西子湖畔哪怕一只渔船，都值得文人才子们纷纷远道而来，见惯了无数衣着光鲜的富家子弟和文人骚客的我，从来不曾想过那个一身麻布青衣的男子，用一种很奇特的方式，就这样走进我的眼里。

也许只是一个偶然，又也许只是因为一把滴落着晨曦朝露的纸油伞，清波荡漾，一席阳光从森森烟波里穿透而来，他就沐浴着阳光，干净而寂寞地站在江南贡院前，一袭青衣，诗画秦淮，两袖垂立，书香满地，桃花渡口在他阳光照耀的影子下显得修长，紧锁的双眉锁不住低落的愁绪。

这一袭青衣，是在叹岁月如水潺潺流，还是在回忆竹马青梅小西楼，那一刻其实都已经不再重要，也许这个清瘦的男子，只不过因为小孤山四周还笼罩在阳光慵散的薄雾之中，而发出仿佛梦呓一般的赞美，就让这个普通得无法再普通的西湖的早晨，被泼洒成一副充满写意和回忆意境的水墨画。

穿行在静如处子的西湖中，华丽而透着胭脂香气的画舫上，红裳绿袖，人影川流，他的眼神虽然被牢牢地吸引，却看不见半分的庸俗，那神态，哪里是在欣赏莺歌燕舞们的绿肥红瘦，分明像个坐定老僧一般在听禅房雨漏，也许这就是我眼中他的与众不同吧。他闪烁着睿智和沧桑的黑色眸子，有意无意地扫过酒坊，莫名地激起我好一阵的心跳。他一定看见我了，虽然柴门半掩，核桃枝撑起的茅草凉蓬遮住了我大半的身影，但此时此刻我是如此的确定，他看见我了。

整理了一下并不紊乱的发髻，稍稍有些慌乱的我忽然开始在意今天穿着的衣裙，只是江南女子很寻常的装束，长袖罗裙，一水淡绿，衣襟上绣着两只粉红的蝴蝶，挑金的绣线在阳光下闪烁亮晶晶的光亮，惹得蝴蝶仿佛要翩翩起舞，我最满意的裙摆自然而然地紧贴着我健康有力的足踝，里面有柔软的绢绸，裹着我的玉足，青葱雪白。江南的女子本就应该如此好吧，瘦比西湖水，柔媚如扬州，腰是西湖柳，一步踏莲藕。我隐隐有些期待他会过来搭讪，哪怕讨要一杯水酒也好，我十分好奇这个把精练与萎靡两种不同神情在同一时刻写在脸上的清秀书生，究竟有着怎样的故事，可是当现实无限接近想象的时候，我还是第一时间忍不住地脸红了，一定如满月一般，我这样想。

他把整个身体都埋在无尽的回忆里，我甚至不怀疑他会就这样坐着，把整整一个白天都融进他的回忆，我家的小酒坊不大，四五张桌子，胜在位置绝妙，堪堪把西湖的美景都尽收眼底，他远远地看着苏堤，手里握着半杯残酒，远处游人如织，桃红柳绿，温润的风吹过女孩子们的纱裙，捎带过来一阵清脆的甜笑，还有他自言自语断断续续的低吟：“人人尽说江南好，游人只合江南老。春水碧于天……未老莫还乡，还乡须断肠……”

一直到很多很多年以后，我才知道那段低到几乎听不清的唱吟里还有两句：“垆边人似月，皓腕凝霜雪。”那一刻一定有红霞飞过我脸颊，尽管我最终还是不知道他的故事，就连韦庄这个名字，也是我处心积虑之下，多方打听而来。我不知道究竟为何要这样做，也许是他思乡的情愫在那个鸟儿歌唱的早晨打动了我，听他吟句，我的心有些许的颤抖，眼眶里有一些东西莫名涌动，胀得我隐隐发痛。只是他终究不过是这二十四桥明月下的过客，不会停留，也不曾停留，江南三月天，草长花红，暖回春风，他背着双手，勾着腰离去的时候，那憔悴的容颜，颓废的身影，我不忍看。

虽然知道在他那一首菩萨蛮中，我也不过是一个过客，但我仍然感激他的随意，让我永远地栖息在江南的妩媚里。在他的眼中，我也是这千年江南的景色，悠然而来，悄然而去。可他不知道的是，江南宛若春水碧于天的好风景，早已将他软化在我倾情的眼神中。都说江南好，风景旧曾谙，春来江水绿如蓝，我不过偶尔在酒坊里为他把盏，谁曾想，竟留下了一袭倩影，在悠悠岁月里，乍寒还暖。

玉笛声下影孤单

007

鹧鸪天·楼上谁将玉笛吹

作品　鹧鸪天①·楼上谁将玉笛吹

作者　宋·张炎

楼上谁将玉笛吹？山前水阔暝云②低。
劳劳③燕子人千里，落落梨花雨一枝。
修禊④近，卖饧⑤时。故乡惟有梦相随。
夜来折得江头柳，不是苏堤⑥也皱眉。

注释

①鹧鸪天：词牌名，又名《思佳客》《思越人》《醉梅花》《半死梧》《剪朝霞》《骊歌一叠》。双调，五十五字，押平声韵。前后阕各三平韵，前阕第三、四句与过片三言两句多作对偶。全词实由七绝两首合并而成；惟后阕换头，改第一句为三字两句。同时也是曲牌名，南曲仙吕宫、北曲大石调都有。字句格律都与词牌相同。北曲用作小令，或用于套曲。南曲列为「引子」，多用于传奇剧的结尾处。

②瞑（míng）云：阴云。

③劳劳：遥远。

④修禊（xì）：是古代中原民族消灾祈福礼仪，古人每年三月初三日，有在水边拔除不祥的风俗，并且用浸泡了香草的水沐浴，认为这样可以拔除疾病和不祥。

⑤卖饧（xíng）：清明前后卖糖粥。饧，用麦芽或谷芽熬成的饴糖。

⑥苏堤：作者家乡杭州的名胜，以柳闻名。

‖时光和弦‖

三月三

三月三，
絮飞南屏山，
断桥裙腰一道斜，
玉笛声下影孤单。

三月三，
春风独松关，
前朝往事泪云满，
燕行千里梨花沾。

三月三，
旧愁吹眉弯，
苏堤暮春折醉柳，
水边旅人为谁还。

三月三，
张炎落临安，
饮饧重忆故乡事，
引我千年泪滴穿。

也许一二月，也许半载后

008

匪风

作品　匪[1]风

作者　先秦·佚名

匪风发[2]兮，匪车偈[3]兮。顾瞻周道[4]，中心怛[5]兮。

匪风飘兮，匪车嘌[6]兮。顾瞻周道，中心吊[7]兮。

谁能亨[8]鱼？溉之釜鬵[9]。谁将西归[10]？怀[11]之好音。

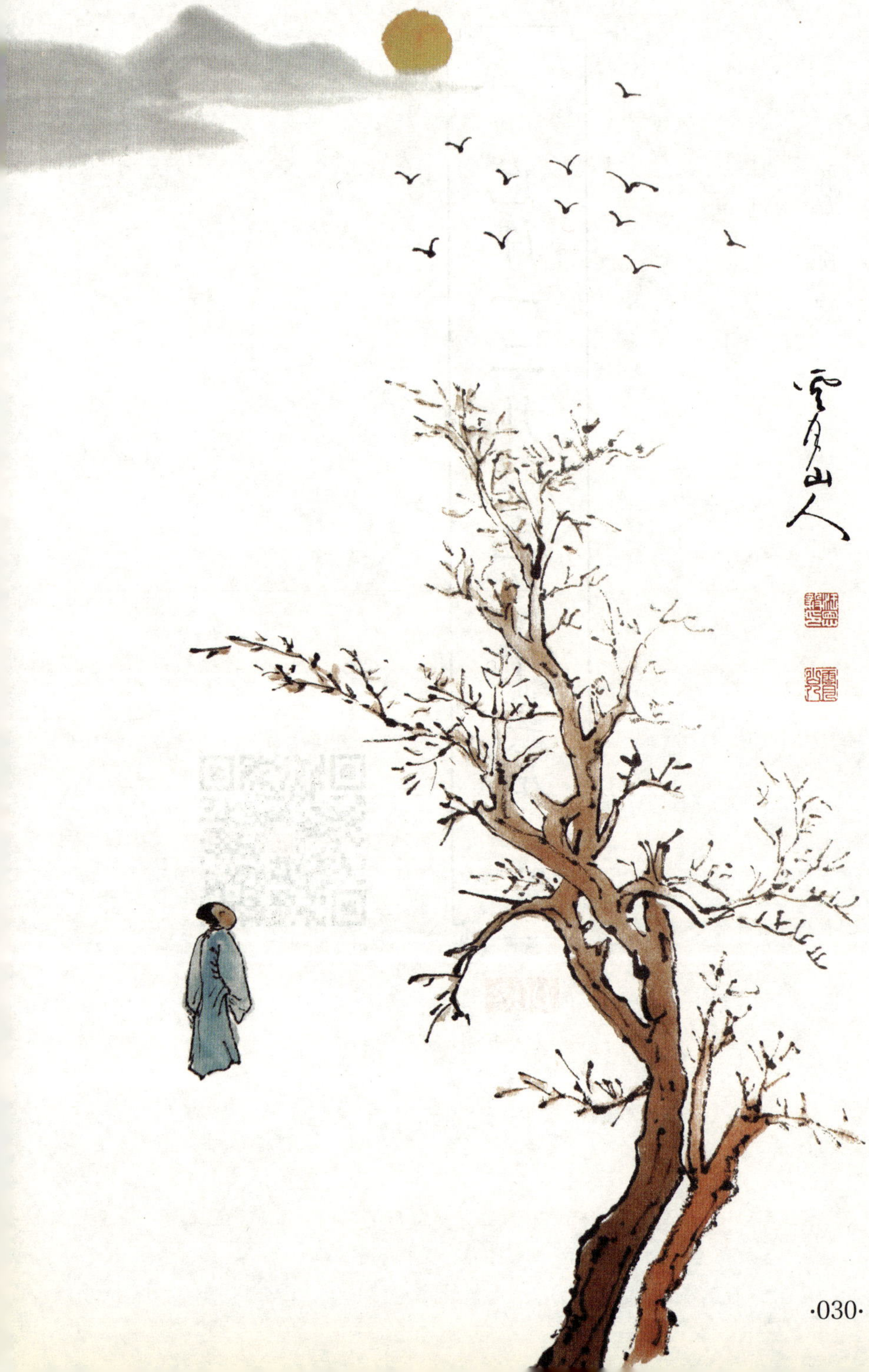

注释

①匪：读为『彼』，『彼风』即『那风』。
②发：即『发发』，风声。
③偈：即『偈偈』，驰驱貌。
④周道：大道或官路。
⑤怛（达 dá）：忧伤。
⑥嘌（漂 piāo）：又作『票』。
⑦吊：犹『怛』。
⑧亨：就是『烹』字，煮。
⑨溉：应依《说文》所引作『摡（盖 gài）』，有洗涤、擦拭的意思。鬵（寻 xún）：大釜。
⑩西归：指回到西方的故乡去，这是桧国人客游东方者的口气，『西』就指桧。
⑪怀：意『遗』，送给。以上四句是说如有人能煮鱼我就给他锅子请他煮，如有人西归我就请他向家里送个消息。

‖时光和弦‖

在这荒凉的土地上

听说，你就要回到故乡，
驾着大车，带着姑娘，
传说中的衣锦还乡。
我攀着你的车辕，
一步一步跟着你，
在这，荒凉的土地上。

在这，荒凉的土地上，
生不出家乡的飘飘杨柳，
只好折一枝路边的荆棘予你，
愿你一切顺利，旅途安良。
在这，荒凉的土地上，
苦涩的湖水酿不了家乡的米酒，
只好以这辣嘴的烧刀子与你对饮，
患难一场，愿你幸福安康。

看着车后，
眼里是故土难离的彷徨。
大风起，在铺天盖地的沙尘里，
我渺小得如一颗砂砾，
匍匐，
在这，荒凉的土地上，
心里是身不由己的惆怅。

在这，荒凉的土地上，
我还依稀记得，
邻家小妹的眼波和春水一样，
曾经每个春天我都会为她歌唱。
可是，
在这，荒凉的土地上，
信天游却成了江南小调，
一张口就吐出悠长的闲凉。
请你，
不要为她带上我的念想，
在这，荒凉的土地上。

你说，不如你也跟我走？
我怅然放开你的车辕，
泪水往下流。
你回去时，
且说天外天穹野苍苍，
夜里星星亮如芒，
莫提我相思人消瘦，
也不说人到中年，不成不就，
说我即将归来，
也许一二月，
也许半载后。

大风起，你的车疾驰而去，
车里的姑娘，
看着车后，
眼里是故土难离的彷徨。
大风起，在铺天盖地的沙尘里，
我渺小得如一颗砂砾，
匍匐，
在这，荒凉的土地上，
心里是身不由己的惆怅。

第 二 章

怀古伤今

只因男儿从不伤离别

001

念奴娇·赤壁怀古

作品　念奴娇[1]·赤壁[2]怀古

作者　宋·苏轼

大江[3]东去，浪淘[4]尽，千古风流人物[5]。故垒[6]西边，人道是，三国周郎[7]赤壁。乱石穿空，惊涛拍岸，卷起千堆雪[8]。江山如画，一时多少豪杰。

遥想[9]公瑾当年，小乔初嫁了[10]，雄姿英发[11]。羽扇纶巾[12]，谈笑间，樯橹[13]灰飞烟灭。故国神游[14]，多情应笑我[15]，早生华发。人生如梦，一尊还酹江月[16]。

注释

①念奴娇：词牌名。念奴是唐天宝年间著名歌妓。此调有平仄韵二体。《词谱》以苏轼『凭空跳远』词为仄体正格。此词共一百字，前阕四十九字，后阕五十一字。此令宜于抒写豪迈感情。东坡赤壁词，句读与各家词微有出入，是变格。另有平韵格，以陈允平词为正体，用者较少。本词牌又名《百字令》《酹江月》《大江东去》等。

②赤壁：此指黄州赤壁，一名『赤鼻矶』，在今湖北黄冈西。而三国古战场的赤壁，文化界认为在今湖北赤壁市蒲圻县西北。

③大江：指长江。

④淘：冲洗，冲刷。

⑤风流人物：指杰出的历史名人。

⑥故垒：过去遗留下来的营垒。

⑦周郎：指三国时吴国名将周瑜，字公瑾，少年得志，二十四岁为中郎将，掌管东吴重兵，吴中皆呼为『周郎』。下文中的『公瑾』，即指周瑜。

⑧雪：根据上文，此处是比喻浪花。

⑨遥想：回忆。

⑩小乔初嫁了（liǎo）：《三国志·吴志·周瑜传》载，周瑜从孙策攻皖，『得桥公两女，皆国色也。策自纳大桥，瑜纳小桥。』，二人皆是三国时期有名的美女。乔，本作『桥』。周瑜迎娶小乔时已经距赤壁之战十年，此处言『初嫁』，是为了在文中表现周瑜少年得志，倜傥风流而故意将时间差忽略，并非作者不明。

⑪雄姿英发：比喻周瑜娶了小乔后的精神状态，体貌不凡，言谈卓绝。

⑫羽扇纶（guān）巾：古代儒将的便装打扮。羽扇，羽毛制成的扇子。纶巾，青丝制成的头巾。

⑬樯橹（qiánglǔ）：樯，挂帆的桅杆。橹，一种摇船的桨。这里代指曹操的水军战船。原词有多个版本流传：『樯橹』一词，有作『强虏』，又作『樯虏』，或作『狂虏』。其中有据可查的最权威版本做『强虏』。强虏：强大之敌，指曹军。虏：对敌人的蔑称。

⑭故国神游：此为神游故国的倒装句。故国：这里指旧地，即当年的赤壁战场。神游：于想象中游历。

⑮多情应笑我：为此应笑我多情的倒装句。

⑯一尊还（huán）酹（lèi）江月：古人祭奠以酒浇在地上祭奠。这里指洒酒酬月，寄托自己的感情。尊：通『樽』，古代饮酒的酒杯。

‖时光和弦‖

烟花易冷·小乔吟

(烟花易冷曲填词)

折铁戟沉沙江山染满了伤疼,
看马蹄扬尘敝目遮住了缘分,
巴丘夜雨秋风共枕,
问天下谁家英雄值得等。

念曾经吴宫夕下铜雀锁旧城,
现如今姊妹花残珮环留新恨,
一梦荒凉千年旅人,
问天涯痴心为谁断成寸。

红头绳,此生只为君等,
千尺雪,素妆香帕掩门,
只斟一杯酒与你长饮风尘,
明朝金戈铁马踏征程。

空悲愤,乱世愁了青灯,
残月冷,你襟怀好暖人,
黄陵青草芬,我千年也会等,
哪怕相思冢前悲枯坟。

赤壁前万军奔腾黑云欲摧城，
罗帐中芳心意乱期盼着归程，
深闺相思英雄不问，
煮茶青锋帐前拭刀痕。

蒲草枯浦圻寒雨催落叶纷纷，
寒铁剑剑折沙场看天下三分，
铁甲殷红怒目圆睁，
只想与你并肩走过这一生。

镜花月，一世英名浴血，
手中扇，指点江山残缺，
多少断肠事瞬间灰飞烟灭，
只因男儿从不伤离别。

不思量，你眉间的眷恋，
自难忘，我初见的喜悦，
三生的执念不论缘浅情深，
化做青丝素笺负红唇。

这一等，盼君披星戴月，
早归程，莫让华发早生，
数英雄豪杰浪淘消泯一切，
穿过千年守候你眼神。

002

秦淮烟火倒影青石路

泊秦淮

作品 泊[1]秦淮[2]

作者 唐·杜牧

烟[3]笼寒水月笼沙，
夜泊秦淮近酒家。
商女[4]不知亡国恨[5]，
隔江犹唱后庭花[6]。

注释

①泊：停泊。

②秦淮：即秦淮河，发源于江苏句容大茅山与溧水东庐山两山间，经南京流入长江。相传为秦始皇南巡会稽时开凿的，用来疏通淮水，故称秦淮河。历代均为繁华的游赏之地。

③烟：这里指秦淮河上水汽聚拢形成的水雾。

④商女：卖唱为生的歌女。

⑤亡国恨：这里指南北朝时期陈朝最后一位皇帝陈叔宝，在位时大建宫室，生活奢侈，不理朝政，日夜与妃嫔、文臣游宴，制作艳词。隋军南下时，自恃长江天险，不以为然。祯明三年（589年），隋军攻入建康，陈朝灭亡的旧事。

⑥后庭花：指陈朝陈后主所做的《玉树后庭花》，后世把此曲作为亡国之音的代表。

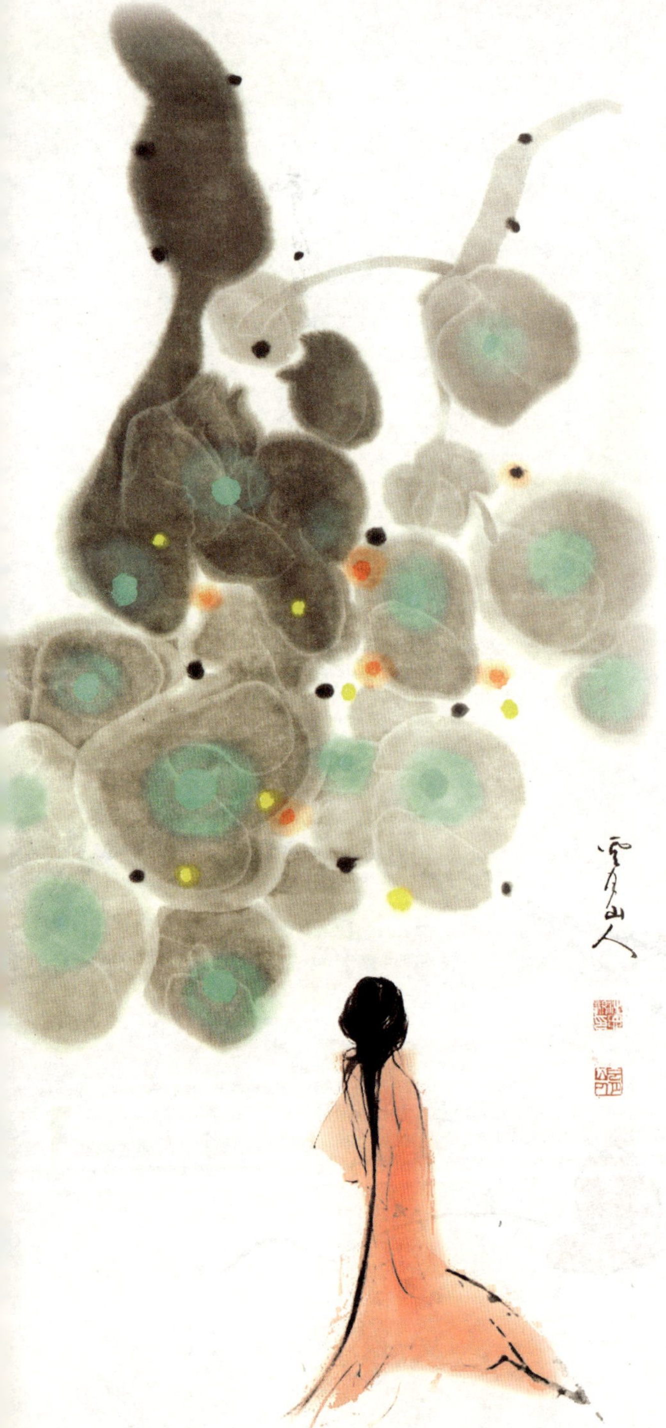

‖时光和弦‖

商女舞

轻数，寒水河畔几鸥鹭，
皱目，红颜抚琴隔岸罩江雾，
低首，明月舟侧红灯孤，
六朝金陵台，伊人舞。

回眸，蓦然妖姬花含露，
经年，秦淮烟火倒影青石路，
难忆，前尘贵妃画玉树，
玉面含羞出，娇娘舞。

曾似白衣清如初，
故国长如故；
曾似红颜相思误，
他乡遇踌躇；
曾似百转千回处，
一江后庭赋，
商女应犹在，独自舞。

如初，芳林高阁倚君渡，
如今，倾城笑靥却已半点无，
任它，一池岁月写秋书，
朱砂轻莲步，为谁舞。

是谁衣衫白如初，
谁相思如故，
谁人抚琴罩江雾，
谁又隔岸舞，
谁人笑我忘荣辱，
贪恋半城富，
花开不长久，花落舞。

岁月的荒丘侵蚀了绝世的风采

003

登金陵凤凰台

作品　登金陵凤凰台[1]

作者　唐・李白

凤凰台上凤凰游，凤去台空江[2]自流。
吴宫[3]花草埋幽径，晋代[4]衣冠[5]成古丘[6]。
三山[7]半落青天外[8]，二水[9]中分白鹭洲[10]。
总为浮云能蔽日[11]，长安[12]不见使人愁。

注释

①凤凰台：据《江南通志》载：『凤凰台在江宁府城内之西南隅，犹有陂陀，尚可登览。宋元嘉十六年，有三鸟翔集山间，文彩五色，状如孔雀，音声谐和，众鸟群附，时人谓之凤凰。起台于山，谓之凤凰山，里曰凤凰里。』

②江：指长江。

③吴宫：三国时期，孙吴政权定都金陵，并于此筑造皇宫。

④晋代：这里是指东晋，西晋灭亡后，由西晋皇室后裔司马睿在南方建立起来的政权，史称东晋，建都于建康即金陵。

⑤衣冠：指士大夫的穿戴，借指士大夫、官绅，指的是当时豪门世族；由于衣冠一词也指衣冠冢，因此也有人认为此处是指东晋文学家郭璞的衣冠冢，现今仍在南京玄武湖公园内。

⑥成古丘：晋明帝当年曾经为郭璞修建衣冠冢，在当时十分奢华，引起一时轰动，然而到了作者来看的时候，已经成为一个丘壑。现代这里称郭璞墩，位于南京玄武湖公园内。

⑦三山：据《景定建康志》载：『其山积石森郁，滨于大江，三峰并列，南北相连，故号三山』。明初朱元璋筑城时，将金陵城南的三座无名小山也围在了城中。这三座山正好挡住了从城北通向南门——聚宝门的去路，恰逢当时正在城东燕雀湖修筑宫城，于是将这三座山填进了燕雀湖。三山挖平后，在山基修了一条街道，取名为三山街。今三山街为其旧址。

⑧半落青天外：形容极为远。

⑨二水：有版本作『一水』。秦淮河流经南京后，汇入长江，被横截其间的白鹭洲一分为二。

⑩白鹭洲：古代长江中的沙洲，洲上多集白鹭，故名。现在已与陆地相连，位于今南京市江东门外。

⑪浮云能蔽日：陆贾《新语·慎微篇》：『邪臣之蔽贤，犹浮云之障日月也。』，故浮云是比喻奸邪小人。日：双关语，古代把太阳看作是帝王的象征。这句是比喻谗臣当道障蔽贤良。

⑫长安：这里用京城指代朝廷和皇帝。

‖时光和弦‖

也登凤凰台

登上，
这风雨飘摇的凤凰台，
涅槃的凤凰随风入怀。
眼前，
一片青天下山水皆入梦，
奔流的秦淮河，
卷着沉重的历史迎面而来。
看那，
金碧辉煌的王城长满了青草，
风流的文人呐，
任由岁月的荒丘侵蚀了绝世的风采。
苍天，
这朗朗乾坤为何乌云密布，
将我心中的长安深深地掩埋。

若是西施如狐媚，古越灭国怪谁来？

004

西施

作品　西施[1]

作者　唐·罗隐

家国兴亡自有时，

吴人[2]何苦怨西施。

西施若解[3]倾吴国，

越国亡来又是谁。

注释

①西施：本名施夷光，越国美女。春秋末期出生于浙江诸暨苎萝村。天生丽质，是美的化身和代名词。西施与王昭君、貂蝉、杨玉环并称中国古代四大美女，其中西施居首。

②吴人：字面指吴国百姓，但这里是指吴国当权者和权贵。

③若解：如果解释为。

‖时光和弦‖

无题

你活该，
自误朝堂江山改，
恬不知耻怨西施，
以邻为壑上刑台。
你活该，
人云亦云耍无赖，
偏信诬言误故国，
却说都是西施坏。

太无奈，
西施不过一女子，
祸国殃民从何来？
不是堂君迷于色，
红颜怎引祸水来？
太无奈，
天下愚民呆脑袋，
不辨是非将国败，
若是西施如狐媚，
古越灭国怪谁来？

深爱着落花的蝴蝶，彻夜不眠。

005

双调·折桂令·九日

作品　双调①·折桂令②·九日③

作者　元·张可久

对青山强整乌纱④。归雁横秋⑤，倦客思家。翠袖殷勤⑥，金杯错落⑦，玉手琵琶⑧。人老去西风白发，蝶愁来明日黄花。回首天涯，一抹斜阳，数点寒鸦。

注释

①双调：宫调名。词由前后两阕相叠而成者，谓之『双调』。

②折桂令：曲牌名，属北曲双调。也是昆曲里一支用途极广的北曲曲牌。

③九日：农历九月初九，为重阳节，中国人素有登高怀乡习俗。

④对青山强整乌纱：这里暗合孟嘉落帽的典故：晋桓温于九月九日在龙山宴客，风吹孟嘉帽落，他泰然自若，不以为意。

⑤归雁横秋：南归的大雁在秋天的空中横排飞行。

⑥翠袖殷勤：宋晏几道《鹧鸪天》有句：『彩袖殷勤捧玉钟』。这里借用为歌女殷勤劝酒。翠袖：此处借指女子。

⑦金杯错落：金杯：黄金酒杯。错落：参差相杂，一说酒器名。此句解释为各自举起酒杯。

⑧玉手琵琶：指歌女弹奏琵琶。

‖时光和弦‖

蝶愁

夕阳来了，彩霞满天的昆山，
只有青峰山峦看见我的惆怅。
那一串南行的归雁，
叫声嘶哑，飞过秋霜肆虐的残花，
带走我抱眠了一夜的故乡，
那上面，泪痕茫茫。

夕阳来了，爬满枯藤的树上，
只有呜咽的寒鸦听见我的感伤。
止不住的白发，迎着西风生长，
像只深秋的蝴蝶，眷恋傍晚的昏黄。

夕阳来了，扶冠而立，我听见自己的低笑，
笑翠袖金杯不过天涯云烟，
笑琵琶声里故曲断人肠。
那只深爱着落花的蝴蝶，彻夜不眠，
只不过是被乡愁占满回忆，
似如今，难回少年郎。

明月，依稀如旧，便是我心

人月圆·伤心莫问前朝事

006

作品　人月圆[1]·伤心莫问前朝事
作者　元·倪瓒

伤心莫问前朝[2]事，重上越王台[3]。鹧鸪啼处，东风草绿，残照花开。
怅然孤啸，青山故国，乔木苍苔[4]。当时明月，依依素影[5]，何处飞来？

注释

①人月圆：词牌名，亦为曲牌名。此调始于王诜，因词中『人月圆时』句，取以为名。吴激词有『青衫泪湿』句，又名『青衫湿』。双调四十八字，前阕五句两平韵，后阕六句两平韵。

②前朝：指宋朝。

③越王台：《越绝书》载，越王台在勾践小城内，后渐不存。南宋嘉定年间以近民亭遗址重建，现存于浙江绍兴城府山南麓。

④青山故国，乔木苍苔：南朝宋颜延《还至梁城作》中有『故国多乔木，空城凝寒云』句，此处化用其句意。

⑤素影：素白的月光。

‖时光和弦‖

伤心莫忘前朝事

会稽，越王台。

荒山枯草空寂寥，寒露夜风撩新袍。

流萤黯淡催花瘦，明月满袖怀旧朝。

写这些句子的时候，恰好一缕月光从层层峦峦的云雾里探出头来，隐约照在我的身上，把一身清洗得发白的衣衫映得更加雪白。极目远眺，远山孤韧，清魂寂寥，绵延不绝的山峰嵴线，都隐约笼罩了一层寒霜。远处鹧鸪的叫声，回荡在山涧深处，让这满是沧桑的越王遗台，多少一丝生气尚存。

轻轻地，叹了一口气。

夜里的寒风瞬间将那呼出的白气吹散，有些寒意从背脊上一阵阵地向上涌来。一国亡，一国兴，谁把新朝换，谁叹旧国难。有些事，想不明白就不用想了，顺着自己的本心，无愧就是好的。

“先生名列元四家，满腹才华，得之我幸。”前日里，来自大都的圣旨，依旧回想在耳边。这抗旨也不是第一次了，我暗笑：得之如何？不得又如何？才华满腹，却也不是为这天下帝王家所学，国破山河在，终究还是需要一些骨气的。

崖山一战，血海浮尸十万，那都是我朝的好儿男，国亡一君，复立一君，又立又亡，堂堂大宋断绝江山，然我这前朝的遗子，却只能望洋而叹。故国多难，国事至此，不可再辱！这元朝的天下，早已复国无望，就算如此，却也不能亦不可入朝为官，前朝至此，又岂可再由我辱！

这荒芜的越王台啊，你历经了千年风雨，有着多少血雨腥风往复还来，是一滴鸩毒摄文种，还是遍游五湖寻范蠡，是西施楚楚的泪，还是勾践薪上的等待。等这一切都在历史中泯灭了，谁还记得我等是大宋的子民呢？

“往日种种，先生还是忘了罢。”

隔着帐纱，那宦官的声音仿佛从几千年前传来，满是难闻的腥臭与腐败，“皇上圣旨，岂可违抗，一入朝纲，先生前程大光啊！”

是啊，前程大光，那就忘了罢。

忘了襄樊六载拉锯战，漫天血雨隔江染。忘了鲁港精锐十三万，全军魂亡尽忠胆。忘了千帆战船连横渡，十万军民共复难。那就忘罢，忘了那一年，陆忠烈公负帝投海，忘了张太傅船沉亡故，忘了征衣染血的将士，忘了悲目带恨的妇孺。

那就忘罢，忘了山河破碎风飘絮，忘了身世浮沉雨打萍。忘了惶恐滩头说惶恐，忘了零丁洋里叹零丁。忘了人生自古谁无死，忘了留取丹心照汗青。那一天，些个宦臣嬉笑盈盈，谁人见，飞扬的马蹄下，隐匿了多少家国流散的凄冷。

是啊，是该忘了。

金戈铁马，沙场笼纱。刀光剑影，泣血如花。待到来年东风起，这一切，又会花开旧红，青草遍地。故国的旧人已逝，故国河山还在，你看那青山绿水，乔木苍荣，该来的终究会来，该去的早已离去，什么江山易主，什么顺天应意，什么前途无量，什么富贵荣华，我倪瓒生来磊落，虽未尝随先故去，却也不拜新朝堂，你看那天上明月，依稀如旧，便是我心。

情到深处不自禁

007

临江仙·寒柳

作品　临江仙[1]·寒柳

作者　清·纳兰性德

飞絮飞花何处是，层冰[2]积雪摧残，疏疏一树五更寒。爱他明月好，憔悴[3]也相关[4]。

最是[5]繁丝[6]摇落后，转教人忆春山[7]。湔裙梦断[8]续应难。西风[9]多少恨，吹不散眉弯。

注释

①临江仙：唐教坊曲，后用作词牌，为双调小令。又名《谢新恩》《雁后归》《画屏春》《庭院深深》《采莲回》《想娉婷》《瑞鹤仙令》《鸳鸯梦》《玉连环》。格律俱为平韵格，字数有五十二字、五十四字、五十八字、五十九字、六十字、六十二字六种。全词分两阕，上下阕各五句，三平韵。另外宋代词人柳永将《临江仙》演为慢曲，如《临江仙慢》《临江仙引》等，字数为九十三字，此是别格。

②层冰：厚厚之冰。

③憔悴：瘦弱无力脸色难看的样子：颜色憔悴，形容枯槁。

④关：这里是关切、关怀之意。

⑤最是：特别是。

⑥繁丝：指柳丝的繁茂。这两句里的『柳丝』和『春山』，都暗喻女子的眉毛。

⑦春山：春日之山。又，春山山色如黛，故借喻女子之眉，或代指女子。这里指代亡妻。

⑧湔（jiān）裙梦断：李商隐在《柳枝词序》中说：一男子偶遇柳枝姑娘，柳枝表示三天后将涉水湔裙来会。此词咏柳，故用此典故。意思是涉水相会的梦断了。湔裙，溅湿了衣裙，见《淡黄柳·咏柳》。此谓亡妻已逝，即使梦里相见，可慰相思，但好梦易断，断梦难续。

⑨西风：从西方吹来的风。

‖时光和弦‖

湔裙梦难断

你去若飞絮，
我静如雪寒。
你羁我今生，
我绊你来世。
你渐行渐远渐无书，
我依稀憔悴心无骨。
在这清冷的凌晨，
我做明月，
你在何瞰？

你黛眉舒展，
我反侧辗转。
你如梦溪前，
我旧情难断。
你三载悠悠魂杳杳，
我怀柳遥寄双鱼盼。
看这西风凋碧树，
你的湔裙，
我的眉弯。

第三章

惺惺相惜

黄鹤楼送孟浩然之广陵

碧空故人影子

001

作品　黄鹤楼[1]送孟浩然之[2]广陵[3]

作者　唐·李白

故人[4]西辞[5]黄鹤楼，
烟花[6]三月下[7]扬州。
孤帆远影碧空尽[8]，
唯见[9]长江天际流[10]。

注释

①黄鹤楼：中国著名的名胜古迹。故址在今湖北武汉市武昌蛇山的黄鹄矶，传说三国时期的费祎于此升仙乘黄鹤而去，故称黄鹤楼。原楼已毁，现存黄鹤楼为 1985 年重建。

②之：往、到达。

③广陵：扬州古称。

④故人：指孟浩然。孟浩然为唐朝著名诗人。与李白关系深厚，因此称之为『故人』。

⑤辞：辞别，离去。

⑥烟花：形容柳絮如烟，古诗词中多代之春天。

⑦下：顺流而下。这里指明了孟浩然乘船所行的方向。

⑧碧空尽：碧空：碧蓝的天际。一作『碧山』。尽：尽头，消失了。此句解释为在碧蓝的天际消失了。

⑨唯见：只看见。

⑩天际流：天际：天边，天边的尽头。解读为在天边流淌。

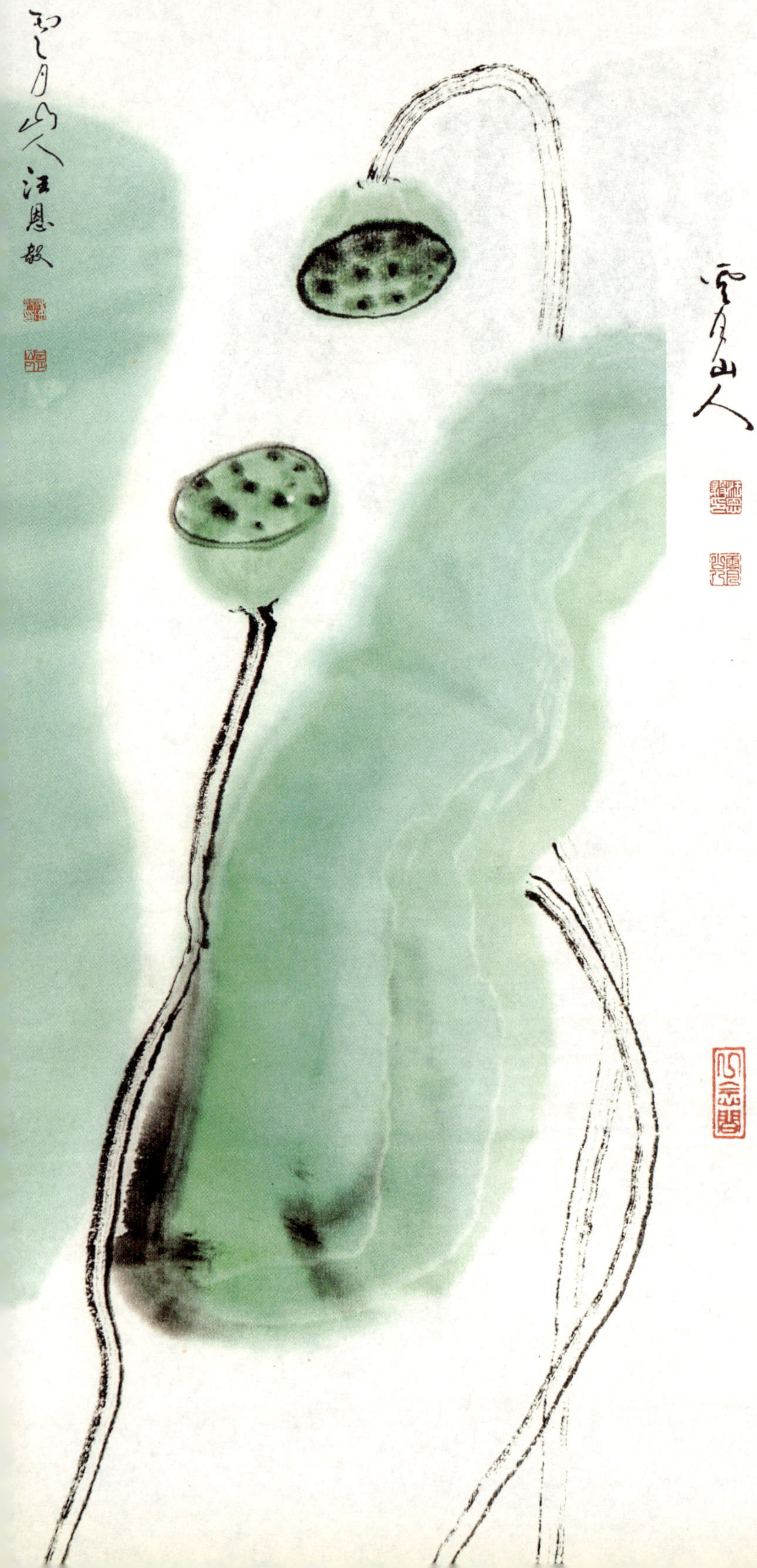

‖时光和弦‖

烟花别

新春又三月，
敬侯踏鹤别，
昔人已乘白云去，
空留孤帆一叶。

故人去匆匆，
烟花一江涅，
浪涛东去浪淘尽，
万里人踪泯灭。

何时论经年？
莫道烟花谢，
隔江犹唱酹江月，
碧空故人影绝。

若有缘，千里比邻始终将

送杜少府之任蜀州

002

作品　送杜少府[1]之[2]任蜀州[3]

作者　唐·王勃

城阙[4]辅三秦[5]，风烟[6]望五津[7]。
与君[8]离别意，同[9]是宦游[10]人。
海内[11]存知己，天涯[12]若比邻[13]。
无为[14]在歧路[15]，儿女共沾巾[16]。

注释

①少府：官名。始于战国。秦汉相沿，为九卿之一。在唐代此官职指县尉。

②之：到、往。

③蜀州：今四川崇州。

④城阙（què）：即城楼，指唐代京师长安城。

⑤辅三秦：一作『俯西秦』。护卫着三秦。辅，护卫。三秦，指长安城附近的关中之地，即今陕西省潼关以西一带。秦朝末年，项羽破秦，把关中分为三区，分别封给三个秦国的降将，所以称三秦。这句是倒装句，意思是京师长安由三秦作保护。

⑥风烟：风烟两字为名词用作状语，表示行为。本句的意思是说在风烟迷茫之中，遥望蜀州。

⑦五津：指岷江的五个渡口白华津、万里津、江首津、涉头津、江南津。这里泛指蜀川。

⑧君：对对方的尊称。

⑨同：一作『俱』。

⑩宦（huàn）游：出外做官。

⑪海内：四海之内，古代认为我国疆土四周环海，所以称天下为四海之内。这里泛指所有地方。

⑫天涯：天边，天下。这里比喻极远的地方。

⑬比邻：并邻，近邻。

⑭无为：无须、不必。

⑮歧（qí）路：岔路。古人送行常在大路分岔处告别。

⑯沾巾：泪水打湿衣襟。意为挥泪告别。

‖时光和弦‖

相望潼关

策马回望夜色凄凉，
城阙前潼关断人肠。
与君惜别语薄义长，
风烟里岷江两相望。
此将去，
愿君壮志未忘；
千里行，
单影对苍凉。

晨霜蜀道驿路漫长，
莫在歧路泪洒两行。
半杯屠苏一梦黄粱，
离人聚别生死茫茫。
天涯路，
愿君豪情万丈；
两相忆，
知己情谊常。
若有缘，
千里比邻始终将；
若无缘，
尺素越海皆相忘。
从今后，
各背行囊各自奔忙；
却但愿，
悲欢离合共记文章。

挥挥手，远山芳草渐重叠

送友人

003

作品　送友人[1]

作者　唐·李白

青山横北郭[2]，白水[3]绕东城。
此地一[4]为别[5]，孤蓬[6]万里征[7]。
浮云游子意[8]，落日故人情。
挥手自兹[9]去，萧萧[10]班马[11]鸣。

注释

①友人：作者未表明这首诗是写给谁的。

②郭：古代在城外修筑的外墙。

③白水：清澈干净的水。

④一：做状语，当助词用，用于加强语气。也有人认为是『为一别』的倒装。

⑤别：告别，分别。

⑥蓬：古书上说的一种植物，干枯后根株断开，遇风飞旋，也称『飞蓬』。诗人此处用『孤蓬』比喻朋友的远行之旅。

⑦征：到很远的地方去，远行。

⑧浮云游子意：浮云，飘动的云。游子，离家远游的人。曹丕《杂诗》：『西北有浮云，亭亭如车盖。惜哉时不遇，适与飘风会。吹我东南行，行行至吴会。』后世用为典实，以浮云喻游子四方漂游。也有人认为，杜甫有『浮云终日行，游子久不至』之句，二人关系极好，李白此句应该是化用杜甫之句。

⑨兹：拟声词，表示声音。

⑩萧萧：马的嘶叫声。

⑪班马：班，分别，离别，一作『斑』。班马即离群的马，这里指友人所乘骑的马。

兄弟，你我在此一别

兄弟，你我在此一别，
夕阳暮照青山阶，
唯恐一叹惊雀。
有道是云卷云舒花开谢，
游子故旧谁人觉，
看那马嘶清洌，
挥手，
远山芳草渐重叠。

兄弟，你我在此一别，
远山寺鼓已早歇，
一江春水鱼跃。
祝愿你一路平安常梦蝶，
长亭折柳定遥约，
虽是难舍情结，
却有，
更多祝福难书写。

喝上一坛辣嘴的包谷酒

004

过故人庄

作品　过故人庄①

作者　唐·孟浩然

故人具②鸡黍③，邀④我至田家。

绿树村边合⑤，青山郭⑥外斜⑦。

开轩⑧面场圃⑨，把酒⑩话桑麻⑪。

待到重阳日⑫，还来⑬就菊花⑭。

注释

①过：拜访。故人庄：朋友的田庄。庄，田庄。

②具：准备，置办。

③鸡黍：黍（shǔ）：黄米。鸡黍在这里指农家饭食。

④邀：邀请。

⑤合：围绕，围合，这里是环绕的意思。

⑥郭：古代城墙有内外两重，内为城，外为郭。这里指友人田庄的外墙。

⑦斜（xiá）：倾斜。

⑧开轩，打开窗户。开：打开，开启。轩：窗户。

⑨面场圃：面对菜园。面：面对。场圃：场，打谷场、稻场；圃，菜园。

⑩把酒：端着酒具，指饮酒。把：拿起，端起。

⑪话桑麻：闲谈农事。桑麻：桑树和麻，这里泛指庄稼。

⑫重阳日：指九月初九重阳节。古人在这一天有登高、饮菊花酒的习俗。

⑬还（huán）来：返回来。

⑭就菊花：指饮菊花酒，也是赏菊的意思。就，靠近，指去做某事。

‖时光和弦‖

做客农家

老弟，你千万别着急，
等我烧好这只鸡，
洗个手就来陪着你。
要是觉得口渴，
院子里有套茶具，
旁边的树上，
可以现摘新鲜的鸭梨。
村头的青山养眼不错，
待会我陪你去看看小溪。

老弟，山里就是安静，
你若等得无趣，
看会儿书也可以。
等我蒸上黄澄澄的小米，
摆上大碗的酒具，
喝上一坛辣嘴的包谷酒，
咱哥俩可要好好叨叙叨叙。

山里的生活清苦，
菜寡你别在意。
世面见得少些，
话糙你别生气。
说的都是农家话题，
你就当我宣泄下意气。
好些日子没见，
哥哥我还真是想你。
咱可说好了啊，
今年庄稼长势喜，
等到重阳节，
你得来我这儿赏菊。

别董大·其一

遥远的路途，阻挡不了英雄向前。

005

作品 别董大[1]·其一

作者 唐·高适

千里黄云[2]白日曛[3]，
北风吹雁雪纷纷。
莫愁前路无知己[4]，
天下谁人[5]不识君[6]？

注释

①董大：指董庭兰，唐玄宗时期著名的琴师。在其兄弟中排名第一，故称『董大』。

②黄云：天上的乌云，在阳光下，乌云是暗黄色，所以叫黄云。

③曛（xūn）：昏暗的日光。

④知己：相互了解的人互称。

⑤谁人：没有人，哪个人。

⑥君：古人使用的尊称，这里指董大。

‖时光和弦‖

天涯别言

南行的大雁，
昏黄的天，
温热的酒杯里装着万语千言，
在这大雪纷飞的寒冬里，
道别的话一如春风拂面：
请坚信最好的才会笑到最后，
最美的总是距离最远。
饮完这一盏就走吧，
不必担心天涯远处难寻友缘，
泰山的高处总有巨石冲破天。
北方的寒冷，
掩盖不了烈焰的炽热；
遥远的路途，
阻挡不了英雄向前。

看完漫天的花雨，一个人静静离去。

006

玉楼春 尊前拟把归期说

作品　玉楼春[①]·尊前拟把归期说

作者　宋·欧阳修

尊前[②]拟把归期说。欲语春容[③]先惨咽。人生自是有情痴，
此恨不关风与月。
离歌[④]且莫翻新阕[⑤]。一曲能教肠寸结。直须看尽洛城花[⑥]，
始共春风容易别。

注释

①玉楼春：词牌名。词谱谓五代后蜀顾夐词起句有『月照玉楼春漏促』『柳映玉楼春欲晚』句；欧阳炯起句有『日照玉楼花似锦』『春早玉楼烟雨夜』句，因取以调名（或加字令）亦称《木兰花》《春晓曲》《西湖曲》《惜春容》《归朝欢令》《呈纤手》《归风便》《东邻妙》《梦乡亲》《续渔歌》等。双调五十六字，前后阕格式相同，各三仄韵，一韵到底。

②尊前：即樽前，樽是古代饮酒的器具，这里指饯行的酒席前。

③春容：如春风妩媚的颜容。此指别离的佳人。

④离歌：指送别的乐曲。

⑤翻新阕：按旧曲填新词。白居易《杨柳枝》：『古歌旧曲君莫听，听取新翻杨柳枝。』阕，乐曲终止。

⑥洛阳花：指洛阳牡丹。

‖时光和弦‖

洛阳花语

你问我何时才能再相聚，
我把着酒杯默默无语。
一遍遍听着离歌，
想起你最爱的相思句。
如果时间允许，
我愿陪着你，
看洛阳城漫天的花雨，
在春风柔和的诉说中，
一个人静静离去。

你曾说难忘月下的旧忆，
关于风月我从未细语。
却懂得你的伤心，
是因我把新词填旧曲。
不如相邀归期，
我愿许下你，
不忘我们最初的美丽，
在互道珍重的思念中，
期待下一次相遇。

横舟停，举樽遥敬已成奢。

007

淮上与友人别

作品　淮上[1]与友人别

作者　唐·郑谷

扬子江[2]头杨柳[3]春，
杨花[4]愁杀[5]渡江人。
数声风笛[6]离亭[7]晚，
君向潇湘[8]我向秦[9]。

注释

①淮（huái）上：淮水之上。这里指扬州。

②扬子江：长江在江苏镇江、扬州一带的干流，古称扬子江。

③杨柳：《诗经》：『昔我往矣，杨柳依依』，古代杨柳专指柳树。这里还有一层意思：『柳』与『留』谐音，表示挽留之意。

④杨花：柳絮。

⑤愁杀：比愁煞更甚的说法，表达愁绪满怀。杀，形容愁的程度之深。

⑥风笛：风中传来的笛声。

⑦离亭：驿亭。亭是古代路旁供人休息的地方，人们常在此送别，所以称为『离亭』。

⑧潇湘（xiāo xiāng）：今湖南一带。

⑨秦：代指今陕西境内的古秦地，这里专指当时的都城长安。

‖时光和弦‖

一江别

蓑衣渡江过，
欲回头，淮水安澜皆春色。
送尽江中千帆没，
离亭晚，笛声薄，
只此一别，
红尘又多两倦客。

江岸柳絮落，
横舟停，举樽遥敬已成奢。
潇湘长安两相隔，
欲再言，水曲折，
无处可说，
未语在喉愁煞我。

别宋常侍

但愿汉水的清晨，不再如此凄凉。

008

作品　别宋常侍①

作者　隋·尹式

游人②杜陵北，送客③汉川东。
无论去与住，俱是一飘蓬④。
秋鬓⑤含霜白，衰颜倚⑥酒红。
别⑦有相思处，啼乌杂夜风。

注释

①常侍：官职名称，中常侍或散骑常侍的简称。

②游人：指题中的宋常侍。

③送客：这里指作者本人。

④蓬：蓬草，植物名，遇干旱会断根随风飘荡。自古常以此比喻游子。

⑤秋鬓：秋代指中年，秋鬓指中年人的双鬓。

⑥倚：依靠。

⑦别：此处另有解释，不可解释为另外的。

‖时光和弦‖

古道惜唱

风苍苍，夜荒荒，
饮一杯老酒驱散寒凉，
拱手相望。
拱手相望，
互祝平安古道旁，
北出杜陵是谁的家乡，
也许对你我来说，
都一样，
都一样。

心惶惶，野茫茫，
你我两鬓已写满风霜，
怎会相忘。
怎会相忘，
互道珍重来去往，
蓬草飘飞人生多彷徨，
我会将你的叮嘱，
放心上，
放心上。
但愿汉水的清晨，
不再如此凄凉。

第 四 章

相思爱慕

三寸距离，却千年时光

蒹葭

001

作品　蒹葭[1]

作者　先秦·佚名

蒹葭苍苍[2]，白露为[3]霜。所谓[4]伊人[5]，在水一方[6]。

溯洄从之[7]，道阻[8]且长。溯游[9]从之，宛[10]在水中央。

蒹葭萋萋[11]，白露未晞[12]。所谓伊人，在水之湄[13]。

溯洄从之，道阻且跻[14]。溯游从之，宛在水中坻[15]。

蒹葭采采[16]，白露未已[17]。所谓伊人，在水之涘[18]。

溯洄从之，道阻且右[19]。溯游从之，宛在水中沚[20]。

注释

①蒹葭（jiān jiā）：芦荻，芦苇。蒹，没有长穗的芦苇。葭，初生的芦苇。选自《诗经·秦风》。
②苍苍：深青色，形容茂盛的样子。下文『萋萋』『采采』义同。
③为：凝结成。
④所谓：所说，这里指所怀念的。
⑤伊人：那人。
⑥在水一方：在河的另一边，指对岸。
⑦溯洄（sù huí）从之：意思是沿着河道向上游去寻找她。溯洄：逆流而上。从，就，此处是接近之意。
⑧阻：险阻，难走。
⑨溯游：逆流而涉。溯，本意是逆流。游，通『流』，指直流。
⑩宛：仿佛，好像。
⑪萋萋（qī qī）：茂盛的样子，文中指芦苇长的茂盛。一作『凄凄』。
⑫晞（xī）：晒干。
⑬湄（méi）：水和草交接之处，指岸边。
⑭跻（jī）：升高，这里形容道路又陡又高。
⑮坻（chí）：水中的小洲或高地。
⑯采采：茂盛众多。
⑰已：止。
⑱涘（sì）：水边。
⑲右：弯曲。《康熙字典》：『又叶羽轨切，音以。……溯徊从之，道阻且右。』
⑳沚（zhǐ）：水中的小块陆地。

‖时光和弦‖

我该去哪里寻找你

我该去哪里寻找你呢，
我的所爱？
当清晨的第一缕曙光，
把凝结着白霜的芦苇染黄，
当薄薄的雾气，
还忧伤地在河道上飘荡，
循着你途经的痕迹，
我已经行走在追寻你的路上。
水之左，
你潮湿的眼神似乎还在空气中缠绵；
水之右，
你美丽绣鞋踩伏的水草还沾附着你的芬芳；
我该去哪里寻找你呢？
抬眼望，梦一场，
白雾迷离里，
你隐约立在不远处的水之中央。

揌住心头的忧伤，
我追逐得如此匆忙，
从日出走到日落，
走过冬来夏往，
千山万水，
百转千回，
你仍在不远处，婷婷泱泱。
只三寸距离，
却千年时光，
我到底该去哪里寻找你呢？
你纤纤玉手抚摸过的芦苇必定知道真相，
它们却只静默在深秋，
把相思站成惆怅。

谁在春水里寻觅我的痕迹

002

作品　卜算子[1]・我住长江头

作者　宋・李之仪

我住长江头，君住长江尾。日日思[2]君不见君，共饮长江水。

此水几时休[3]，此恨何时已[4]。只愿君心似我心，定[5]不负相思意。

卜算子・我住长江头

注释

①卜算子：词牌名，又名《百尺楼》《眉峰碧》《楚天遥》等。相传是借用唐代诗人骆宾王的绰号。骆宾王写诗好用数字取名，人称「卜算子」。北宋时盛行此曲。万树在《词律》中将这个词牌解释为「卖卜算命之人」双调，四十四字，上下阕各两仄韵。两结句亦可以酌情增加衬字，化五言句为六言句，于第三字句读。宋教坊复演为慢曲，《乐章集》入「歇指调」。八十九字，前阕四仄韵，后阕五仄韵。

②思：想念，思念。

③休：停止。

④已：完结，停止。

⑤定：此处为衬字。在词规定的字数外增添的不太关键的字词，以更好地表情达意，谓之衬字，亦称「添声」。

‖时光和弦‖

问江

春天，
我在微凉的江水里浣衣，
江水轻轻顺走了我红色的丝带，
于是我开始想念住在江尾的你。
花渐红，风又绿，
你会不会在春水里寻找我无意遗落的痕迹？

夏夜，
我独自伫立在江边看满天的星星，
想起初见时你明亮的眼睛。
也许你并没离得那么远，
同一滴水早晨流经我的手指，
晚上也许就洗濯你的帽缨。

秋日，
我试划着小船向下游去，
路很远，我停下桨，眺望你的方向，
你就在那里。
江水流，
日夜长，
满江都是你绵绵不歇的念想。

冬雪，
腊梅的花瓣飘落到江上，
每一片殷红上都有我的小小思量。
我不会停止想你，就好像，
这条江，源于我的眼睛，
温润在，
你的心房。

缺了相守，我好看给谁看呢？

003

蝶恋花·庭院深深深几许

作品　蝶恋花[1]·庭院深深深几许

作者　宋·欧阳修

庭院深深深几许[2]，杨柳堆烟[3]，帘幕无重数。

玉勒雕鞍[4]游冶处[5]，楼高不见章台[6]路。

雨横[7]风狂三月暮，门掩黄昏，无计留春住。

泪眼问花花不语，乱红飞过[8]秋千去。

注释

①蝶恋花：词牌名。原唐教坊曲名，本采用于梁简文帝乐府：『翻阶蛱蝶恋花情』为名，又名《黄金缕》《鹊踏枝》《凤栖梧》《卷珠帘》《一箩金》《江如练》《西笑吟》《明月生南浦》《转调蝶恋花》《鱼水同欢》等。分上下两阕，共六十个字，一般用来填写多愁善感和缠绵悱恻的内容。自宋代以来，产生了不少以《蝶恋花》为词牌的优美词章，像唐后主李煜、宋代柳永、苏轼、晏殊等人的《蝶恋花》，都是经久不衰的绝唱。

②几许：多少。许，估计数量之词。

③堆烟：形容杨柳浓密。

④玉勒雕鞍：陈蓉豪华的车马。玉勒：玉制的马衔。雕鞍：精雕的马鞍。

⑤游冶处：指歌楼妓院。

⑥章台：汉长安街名，为歌妓聚居之地。《汉书·张敞传》有『走马章台街』语。唐许尧佐《章台柳传》，记妓女柳氏事。

⑦雨横：指雨大且急。横：骄横、霸道，与下面风狂的『狂』字对应。

⑧乱红飞过：形容各种各样的花瓣纷飞。

‖时光和弦‖

我好看给谁看

春风来的时候，我摇着阿爹的胳膊跟他要风筝。

阿爹好脾气地笑，跟我说："阿囡，你都十七岁啦，做什么还像个小孩子？要稳重些，没准很快你就嫁人啦。"

我不爱听这个话。跺跺脚拿着风筝跑出门去。

大人们都说我长得好看，我听娘悄悄跟我讲过，有两家人来跟我提亲，娘还问我，到底中意谁。李家的孩子有出息，成了亲以后，就要跟着舅舅到外地去做生意，吃穿用度是不用愁的；张家的孩子就差一些了，虽然是熟人熟路，人也本分，但可能难有大的出息……我捂住耳朵不想听，妈妈也就不说啦，摸着我的头发叹道："傻囡囡啊……以后可怎么好啊……"

风筝在天上飞，我忽然有些忧伤，就这么长大了吗？我还没准备好呢。手一松，就看着风筝晃晃悠悠地落到一个大大的院子里去。

我追着风筝跑，进了这院子。

好大的院子啊，绿树繁花，红墙白瓦，进了一重还有一重，静悄悄空落落，就像是没有人，我停下了脚步，正自迟疑，这时我听见有人在轻轻喊我"喂，小囡，这是你的风筝吗？"

我转头看过去，愣在原地。天哪，这个世上怎么会有这么好看的女子？

她坐在秋千上对我微笑，手里拿着我的风筝。她的背后是怒放的一树一树的紫色蔷薇，风一来，漫天花雨，漫天艳色，却艳不过她唇边的微笑，她发上、肩上、裙裾上都沾上小小娇艳的花瓣，她并不去拂，只是静静地坐在花雨里微微笑着。

我不由得慢慢向她走过去，这样的女子对谁都有着莫大的吸引力吧。

她轻轻地拍着秋千的另一端，让我坐到她的身边。问我叫什么，多大了，我都一一告诉了她，甚至，不知不觉，在她温柔的目光下，我连心里的小秘密都统统告诉了她，李家的孩子，张家的孩子，该怎么好呢？我觉得自己还没长大，却不得不选择，到底我还是要嫁人的啊。

听我说完，她久久没有回答。

她怔怔地看着天空，我也跟着去看，可是天上除了渐渐散去的暮云，什么也没有。

她指着身后的蔷薇问我:“小囡,你看这个花美不美?”

我点点头。

她淡淡一笑“可是你知道吗?春天过去,这些美丽的花都会凋谢。”

她又问我:“我好看吗?”

“好看,你是我见过最好看的人!”我急切地回答。

一滴泪从她的脸上滑下,她轻轻地叹息着说到“可是,我也许马上就要老了,也许明年,也许后年,也许还等不到他回来,我就要老了。”

他?他是谁?

“他是我的夫君”,她苦笑着解释。他在遥远的外地奔波做事,为了这个家为了她。

“你不会老的,你这么好看!”我很想要安慰她

“傻囡啊”,她苦笑着叹息着,这一刻,倒有点让我想起妈妈,也常常是这么叹息着看我。

“比如说,这个花这么美,不想让它谢,做得到吗?这春天怎么才能留得住?就好像我终究是会老的。我倒希望过穷一些的日子,只要可以两个人相守,不然,我好看给谁看呢?”她拈起一朵花来,放到眼前,细细端详,轻轻地又问了一遍,倒像是跟花在对话:“我好看给谁看呢?”花自是不语。这时一阵风来,倏的把花朵从她手上卷走,和着其他零落的花瓣一起,打着旋,一直飞过秋千的那一端去,她兀自伸着手,怔怔地,而眼泪大滴大滴从眼眶里溢出来。

我忽然看到了她眼角细细的皱纹。我有一些害怕,于是我怯怯地告辞了。

她并不留我,拿着风筝走时,我回头看她。寂寞而美丽地,坐在繁花覆盖的秋千上。等待着一个不知道什么时候才会回来的人,我终于相信她快要老了。

一年后,我嫁人了,嫁给了张家的孩子。

大人们都不太理解,张家的孩子看上去老实本分,不会有太大的出息。

而我却时时想起她说的那句话:“只要两个人可以相守,不然,我好看给谁看呢?”

凤求凰

故事，就停在这里挺好

004

作品 凤求凰①

作者 两汉·佚名②

有一美人兮，见之不忘。一日不见兮，思之如狂。
凤飞翱翔兮，四海求凰。无奈佳人兮，不在东墙。
将琴代语兮，聊写衷肠。何日见许兮，慰我彷徨。
愿言配德兮，携手相将。不得於飞兮，使我沦亡。

注释

①凤求凰：相传是汉代的汉族古琴曲，演绎了司马相如与卓文君的爱情故事。

②佚名：本作品的作者历来有诸多争议，一说是元代著名戏曲作家王实甫作；一说是西汉大辞赋家司马相如作。亦有人认为二者皆不是，作者不详。

‖时光和弦‖

凤凰说

这个故事由来惹人惜，
自古都是茶馆里说书人的黄金句：
失意的恋人飘泊的游子，
寂寞的酒客美丽的歌女，
在楚馆的灯影里，
成了他人眼中的戏。
说起那一年春天，
那一个翩翩的公子和他的琴，
风儿缠绵，阳光和煦，
朱红的门扉后藏着女子倾慕的眼睛，
手抚琴弦花便自天空飘落，
袅袅的琴音，引得凤凰双双起舞。
一曲终了久久静默，
只有树叶落地的轻响，
如同烟花唱旧梦，
唱得人人恍惚神魂飘荡，
唯觉这倾世的琴音，世上不该有。
自然还会说起那一场琴会之后，
那勇敢的女子踏月而来，
轻轻叩门便一世情觞。

从此，繁华落寞铅华净洗，
麻布青衣当垆卖酒，
从容不惧度时光。
羡慕啊！他们说：
琴音为媒凤求到了凰，
谁不想这样？
生活如戏精彩不断，
白衣公子侯门佳人，
倾心相爱月下私奔，
最终结局很完满。
他们说完饮下一杯酒，
用这个故事温暖自己内心的悲凉。
故事就停在这里挺好，
谁也不想抹去岁月的尘埃，
去看一看热闹剧情背后隐隐的忧伤。
欢情薄人心变，
终究还是孤单影清瘦，深情无人守。
光阴消散了爱恨，
仍然轻轻叹息的，
是那些落幕的时光，
和那些未了的惆怅。

小时候，我们总爱问：后来呢？

005

木兰花·拟古决绝词柬友

作品 木兰花①·拟古决绝词柬②友

作者 清·纳兰性德

人生若只如初见，何事秋风悲画扇③。等闲变却故人心，却道故人心易变④。

骊山语罢清宵半，泪雨霖铃终不怨⑤。何如薄幸锦衣郎，比翼连枝当日愿⑥。

注释

①木兰花：词牌名。唐教坊曲，又名《玉楼春》《西湖曲》等，双调五十六字，前后阕格式相同，各三仄韵，一韵到底。唐和五代词人所填《木兰花》，句式参差不一。宋人定为七言八句。

②柬：信札。

③秋风悲画扇：汉班婕妤被弃典故。班婕妤为汉成帝妃，被赵飞燕谗害，退居冷宫，后有诗《怨歌行》，以秋扇闲置为喻抒发被弃之怨情。后世多以扇比喻过季弃用，代指被冷落的人。南北朝梁刘孝绰《班婕妤怨》诗有『妾身似秋扇』句。本句是说本应当相亲相爱，但却成了相离相弃。

④等闲变却故人心，却道故人心易变：故人即指情人。却道故人心易变，一作『却道故心人易变』。看似白话，其为用典，出处是南朝齐国山水诗人谢朓的《同王主簿怨情》后两句『故人心尚永，故心人不见』。汪元治本《纳兰词》误刻后句『故心人』为『故人心』，这一错误常被现代选本沿袭。

⑤骊山语罢清宵半，泪雨霖铃终不怨：为唐明皇与杨玉环的爱情典故。《太真外传》载，唐明皇与杨玉环曾于七月七日夜，在骊山华清宫长生殿里盟誓，愿世世为夫妻。白居易《长恨歌》：『在天愿作比翼鸟，在地愿作连理枝。』对此作了生动的描写。后安史乱起，明皇入蜀，于马嵬坡赐死杨玉环。杨死前云：『妾诚负国恩，死无恨矣！』唐明皇此后于途中闻雨声、铃声而悲伤，遂作《雨霖铃》曲以寄哀思。

⑥何如薄幸锦衣郎，比翼连枝当日愿：化用唐李商隐《马嵬》诗中『如何四纪为天子，不及卢家有莫愁』之句意。薄幸：薄情。锦衣郎：指唐明皇。

‖时光和弦‖

后来呢？

你爱我吗？

月光如水，静静地从窗棂里流进来。在一屋子静默的虚空里，跪坐在冰冷的地上，我到底还是轻轻问出了声。

没有回答，所有人都避了出去，没有人愿意陪我捱过这最后一程。是啊，这是挺尴尬的一件事，我想大家都这么觉得，他应该也这么觉得吧。

我还以为至少可以见他最后一面。我以为我会抽泣着哭倒在他的怀里，告诉他我愿意为他牺牲生命，只要江山仍是他的，他仍是王。我以为他会陪着我哭，抚摸着我的脸庞，告诉我他有多么的无奈多少的不舍，我们的眼泪流在一起，揩也揩不净……而在最终决绝的时刻，在他转身的一瞬，我就会轻声问他："你爱我吗？"我猜他必是不敢回头，不能回答，心碎踉跄，掩面而去……

故事这样写下去，不是好看得多吗？

而现在，瞧着这一屋子的虚空。他不能来？他不肯来？他不敢来？

或许他怕我没分寸，怕我在最后的时刻，竟然跟他要求活命的权利。

但其实我不会这么做。他再爱我，爱不过他的江山。

面前，描金朱盘呈放着三尺白绫，我知道这就是我不可逆的命。屋外三军静默，我侧耳细听，竟是一丝声音都没有，静得好像是散了一样。哈，我没那么天真，我知道那只是他们最后的耐心，他们都在等待着我结束生命的时刻。

再等一等，不着急吧。

我把桌上的铜镜放端正，再看一看镜子里的自己。理一理散乱的发，把凤钗儿扶正，再拈一支笔，在眉间点一瓣梨花。梨花下这样明媚的一张脸，自己看了都心疼不舍，何况男人？嗯，惹麻烦的一张脸。

有人说，安禄山造反，为的是这张脸。叛军压境，不得已逃亡，他带着我，仍是千依百宠，也为的是这张脸。逃亡路上将无能，军无能，一退千里，越退越气馁。于是人们想起了这张脸。

对呵，就是怪这张脸，祸水红颜，惑人心神。马嵬坡下，三军不前，众口一词，要这张脸消失。

总是要有人来承担过错的。我被选中，只因为这样一张脸。我最合适。

纷纷乱乱，迷迷糊糊。待得我自混乱中清醒过来，面前白绫静置。屋外，三千人齐待我死。

死就死吧。

逃不过去的命，我认。

我只是想见他最后一面，想问他一声“你爱我吗？”让这个千古传唱的爱情故事，有一个好看的结尾。

每个人都说他爱我。他为我做了太多惊世骇俗的事。

我曾经也这么以为。

想起了初见他的时候。那时就在梨园，风起，纷纷扬扬好一场漫天飞舞的梨花雨！他立在花下，衣裾飘飘，意态潇洒，含笑看我，目光如湖水温暖。而我，敛眉不语，一瓣梨花恰恰沾在眉间，拂之不去。他令人拿笔，在我眉间依样勾画出梨花的形状，温声说道：“好看，以后便叫它姣梨妆吧。”

人生若只如初见！

你爱过我吗？眼泪到底还是流下来了。

人生便是一场盛宴。开如杯盘交错，最后都只是残羹冷炙。这其中，隔了长长的流年，不知不觉中，一切都已改变。

人生若只如初见。真希望时间就在那一场梨花雨时停驻。那时，初见，惊艳。那时，我是确定你爱着我的。

而后来，隔了江山，隔了年月，谁知道呢？等闲变却故人心，却道故人心易变。

小时，听人讲故事，总是爱问“后来呢？”

后来呢？我微微笑了，伸手拿过面前的白绫，立起身来，揩干了最后一滴眼泪。

你是我隐约的念

006

三五七言诗

作品　三五七言[1]诗

作者　唐·李白

秋风清，秋月明，

落叶聚还散[2]，寒鸦[3]栖复惊，

相思相见知何日，此时此夜难为情。

＝注释＝

①三五七言：一种诗歌体式，其句式为『三三五五七七』格式。

②落叶聚还（huán）散：写落叶在风中时而聚集时而扬散的情景。

③寒鸦：《本草纲目》中有『慈鸟，北人谓之寒鸦，以冬日尤盛。』

‖时光和弦‖

繁花的深处，你是我隐约的念

是谁？
是谁的相思那么长？
是谁的眼泪那么烫？
是谁在静静的秋夜里叹息，
一直到曙色爬到天际之上？
秋风裹挟着落叶飞舞，
就好像忧伤拥抱着失望，
夜鸟被月色惊起彷徨，
恰恰好是心碎的模样。
疼……疼啊！
于是怯懦的人，
许下了遗落的愿望。
不想啦！
不要啦！
不哭啦！
假装未曾发生过，
可是心呢？
不跳啦！
不在啦……
而在暗夜的尽头，
在繁花重重的深处，
在泪水跌落的一瞬间，
仍有隐约的念，
谁在呢？
谁的笑脸一直在眼前叠现？
谁的歌声一直在耳边回响？

衰老的翅膀，载不动，许多愁。

声声慢·寻寻觅觅

007

作品　声声慢[1]·寻寻觅觅

作者　宋·李清照

寻寻觅觅[2]，冷冷清清，凄凄惨惨戚戚[3]。乍暖还寒[4]时候，最难将息[5]。三杯两盏淡酒，怎敌他晚[6]来风急！雁过也，正伤心，却是旧时相识。

满地黄花堆积，憔悴损[7]，如今有谁堪[8]摘？守著[9]窗儿，独自怎生[10]得黑！梧桐更兼细雨[11]，到黄昏点点滴滴。这次第[12]，怎一个愁字了得[13]！

注释

①声声慢：词牌名。据传蒋捷作此慢词俱用『声』字入韵，故称此名。亦称《胜胜慢》《凤示凰》《寒松叹》《人在楼上》，最早见于北宋晁补之笔下。双调，上片十句，押四平韵，四十九字；下片九句，押四平韵，四十八字，共九十七字。又有仄韵体（一般押入声）。用『仙吕调』。

②寻寻觅觅：不断寻找。这里用于表现非常空虚怅惘、迷茫失落的心态。

③凄凄惨惨戚戚：忧愁苦闷的样子。

④乍暖还（huán）寒：指秋天的天气，忽然变暖，又转寒冷。

⑤将息：旧时方言，休养调理之意。

⑥怎敌他：对付，抵挡。晚：一本作『晓』。

⑦损：表示程度极高。

⑧堪：可。

⑨著：着。

⑩怎生：怎样的。生，语助词。

⑪梧桐更兼细雨：暗用白居易《长恨歌》『秋雨梧桐叶落时』诗意。

⑫这次第：这光景、这情形。

⑬怎一个愁字了得：一个『愁』字怎么能概括得尽呢？

‖时光和弦‖

临梳有雁来

残秋。

天空冻住了，澄澈清透。

天色将晚的时候，风渐渐起了，越来越急，把漫天的云撕扯成一缕一缕。我艰难地逆风而飞，本来就羸弱的翅膀，越发无力。我想，我是追不上队伍了。或者，不如放弃吧，歇歇我疲累的翅，我老了，死不是自然的事吗？

就在这时，我看到了她。

她怔怔地立在院子的梧桐树下，神情恍惚。也不知道是站了多久，一地零落的黄花已经没过她的脚面。

我忧伤地发现，她老了，正如我老了。

而她年轻的时候，我也正年轻。

记得年轻的她，美丽动人，娇娇的，俏俏的，倚在门边，回首一笑，旁人的魂魄已不在了一半。又是七窍玲珑心，会写诗会吟曲，最可爱生动的是偷偷喝了父亲的小酒，微醺着红红的脸儿，把小船儿一直划进荷花深处，惊得鸥鸟扑腾腾一片飞起，她却只是笑，笑声一串一串，比银铃还要脆亮。这样的女子，怎么不会招人疼爱？

她的夫君就很爱她。年轻的我，羽毛丰盈，翅膀强劲。越过千山万水，曾为他给她送过信。纸薄情深，字字都是相思，她捧着那些信，读了又读，哭了，又笑了。我看得出，她心里有些惆怅，但到底还是欢喜。

而如今，她不复当年。我们都被时间改变了模样。

我长长鸣叫了一声，打个招呼吧，跟她，跟过往。

她抬起眼来，看到了我。

那是什么样的眼神？一瞬间的欣喜之后，是深深的绝望。信使来了，但不再有信，写信的那个人，已经死去。她无声抽泣起来，捂住了脸，仍然有泪水从指缝中溢出。她转过身去，佝偻着背，慢慢地走进屋里去。

我落到院里子。不想飞了，飞不动了。不飞就不飞吧，我老了。老了，就快死了，我认命了。

天黑下来了。伴随着风，冷冷的雨也来了，滴滴点点，点点滴滴，敲打了梧桐树的叶子，敲打着窗棂，也敲打在人的心上。

屋里点起了一豆油灯，她坐在灯前，棉纸糊的窗纸上映出了她的剪影。她在喝酒。一口一杯，又一杯。喝吧喝吧，酒意上头，也许就会好眠。可是，慢，我听到她在哭，伤心的压抑不住的呜咽。她是一个人，可是，我却听到她在说话，低低地，温柔地，细细地，她是在和那个曾经让我送信，现在却已死去的人在说话，轻轻地诉说着，低低地抱怨着……

国破，家毁，人亡。

每一桩都可以哭很久很久。

不忍再听。

这样的哭泣穿透了我衰老的心脏。

我逃一样地飞离这小院。外面很黑，很冷，伙伴们不知道在哪里，我也许马上就会死在这冰冷的夜里。可是不管怎样，都好过让我独自承受这漫长又无望的忧伤。

人类的感情如此沉重。我衰老的翅膀无力，载不动，许多愁。

第五章

羁旅之愁

淡淡的思念顽强的生长

001

别舍弟宗一

作品　别舍弟宗一[1]

作者　唐·柳宗元

零落[2]残魂倍黯然，双[3]垂别泪越江[4]边。
一身去国[5]六千里[6]，万死[7]投荒[8]十二年。
桂岭[9]瘴[10]来云似墨，洞庭春尽水如天。
欲知此后相思梦，长在荆[11]门郢树烟[12]。

注释

①宗一：柳宗元从弟，生平事迹不详。

②零落：原指花、叶凋零，此处是自喻漂泊，没有依靠。

③双：指自己兄弟二人，即宗元和宗一。

④越江：唐汝询《唐诗解》卷四十四中有『越江，未详所指，疑即柳州诸江也。按柳州乃百越地。』即粤江，这里指柳江。

⑤去国：离开国都长安。

⑥六千里：《通典·州郡十四》中有『（柳州）去西京五千二百七十里。』

⑦万死：指历经无数次艰难险阻。

⑧投荒：贬逐到偏僻边远的地区。

⑨桂岭：今广西贺县东北，山多桂树，故名，为五岭之一。柳州在桂岭南。这里泛指柳州附近的山岭。《元和郡县志》卷三十七《岭南道贺州》载有桂岭县：『桂岭在县东十五里。』

⑩瘴（zhàng）：旧指热带山林中致人疾病的气。这里是指分别时桂岭的即景。

⑪荆：古楚都，今湖北江陵西北。《百家注柳集》引孙汝听曰：『荆、郢，宗一将游之处。』

⑫郢（yǐng）树烟：荆州的树笼罩着缥缈的烟。何焯《义门读书记》曰：『《韩非子》：张敏与高惠二人为友，每相思不得相见，敏便于梦中往寻。但行至半路即迷。』落句正用其意。

‖时光和弦‖

望洞庭

我的眼泪穿过了春天，
流过夏日长长的树影，
滴进了柳江，
顺流而下去了六千里外。
那里，
有我牵挂的亲人和才长出嫩芽的丁香，
他们在我的梦里，
种植惆怅和希望。
在桂岭的山月升起时，
一点点地，
替我把悲伤释放。

我把无缺的残魂托付给了月光，
嘱咐它替我把回家的路照亮。
荆门树下那迷离缥缈的烟，
请让一让，
不要，
挡住我淡淡的思念顽强生长。
我的兄弟还有一段路要走，
持着洞庭的荷花起航，
我愿意，
为他再守护下一个十二年，
哪怕死亡，
也不愿，
天各一方。

陌上谁识太玄经

侠客行

002

作品　侠客行①

作者　唐·李白

赵客缦胡缨②，吴钩霜雪明③。银鞍照白马，飒沓④如流星。

十步杀一人，千里不留行⑤。事了拂衣去，深藏身与名。

闲过信陵⑥饮，脱剑膝前横。将炙啖朱亥，持觞劝侯嬴⑦。

三杯吐然诺，五岳倒为轻⑧。眼花耳热后，意气素霓⑨生。

救赵挥金锤，邯郸先震惊⑩。千秋二壮士，烜赫大梁城。

纵死侠骨香，不惭世上英。谁能书阁下，白首太玄经⑪。

注释

①行：歌行体，侠客行相当于『侠客的歌』。

②赵客：燕赵之地的侠客。自古燕赵多慷慨悲歌之士。缦：没有花纹；胡：古时将北方少数民族通称为胡；缨：系冠帽的带子；缦胡缨：即少数民族做工粗糙的没有花纹的带子。此处为侠客的冠带。

③吴钩：宝刀名。霜雪明：刀的锋刃像霜雪一样明亮。

④飒沓：骏马飞奔的样子，形容马跑得快。

⑤『十步』两句：源自《庄子·说剑》：『臣之剑十步一人，千里不留行。』

⑥信陵：信陵君，战国四公子之一，礼贤下士，门下食客三千。

⑦朱亥、侯嬴：信陵君门下食客。朱亥原本是一屠夫，侯嬴原是魏国都城门官，两人受信陵君的礼遇，为信陵君所用。炙，烤肉。啖，吃。啖朱亥，让朱亥来吃。

⑧『三杯』两句：几杯酒下肚（三为虚指）就作出了承诺，并且把承诺看得比五岳还重。

⑨素霓：白虹。古人认为，凡出现不寻常的大事，常会伴有异常的天象。这句意思是：侠客重承诺、轻死生能够感动上天，生出异象。也可以理解为：侠客做出了承诺，天下就要发生大事了。

⑩救赵两句：朱亥锤击晋鄙的故事。信陵君是魏国大臣，魏、赵结成联盟，合纵以抗秦。时秦军包围赵国邯郸，赵向魏求救。魏王派晋鄙率军救赵，后因秦王恐吓，又令晋鄙按兵不动。这样，魏赵联盟势必瓦解。信陵君不愿联盟瓦解，遂率家丁前往救援，侯嬴为信陵君出谋划策，串通魏王宠姬，盗得兵符，去晋鄙军中假传王令。晋鄙生疑，朱亥掏出铁椎将其击毙。信陵君遂率魏军进击秦军，解了邯郸的围。

⑪太玄经：《太玄经》是扬雄写的一部哲学著作。扬雄曾在天禄阁任校刊。

‖时光和弦‖

新侠客行

铮铮盱赵客，穷风缦胡缨，单骑携吴钩，迢迢霜雪明。
乌衣照银鞍，秋风白马吟，飒沓绝尘起，疾风如流星。
十步何啸兮，杀人如屠鸡，仗剑破千里，留香不留行。
事了势未了，人尽血拂衣，深藏执与念，浅露身与名。
大隐如闲过，未逢信陵饮，帐前又脱剑，膝前横骄兵。
将炙吾自啖，何须邀朱亥，持觞吾自饮，斜目劝侯嬴。

三杯皆为信，吐然诺真金，五岳证歃血，相较倒为轻。
眼花需泪垂，耳热咗喉音，意气风生发，素霓现天机。
救赵誓必陨，金锤挑三军，邯郸先失色，天下再震惊。
千秋二人举，壮士折煞听，烜赫虽无双，何霭大梁心。
纵死纵不及，侠骨裹衣襟，不惭愧生灵，浩对世上英。
谁能天下雄，书阁困声名，白首无一是，只识太玄经。

散尽繁华，只不过一掬尘土

塞上曲·其一

003

作品 塞上曲·其一

作者 唐·王昌龄

蝉鸣空桑林[1]，八月萧关[2]道。
出塞入塞寒[3]，处处黄芦草。
从来幽并[4]客，皆共[5]沙尘老。
莫学游侠儿[6]，矜[7]夸紫骝[8]好。

注释

①空桑林：桑林因秋来落叶而变得空旷、稀疏。

②萧关：宁夏古关塞名。

③入塞寒：一作『复入塞』

④幽并：幽州和并州，今河北、山西和陕西一部分。

⑤共：一作『向』。

⑥游侠儿：指自恃勇气、逞意气而轻视生命的人。

⑦矜：自命不凡。

⑧紫骝：紫红色的骏马。

‖时光和弦‖

萧关路

时间，
停留在八月的酷暑，
烤化了，
沉睡在暮光里的萧关，
把塞外的孤单洒了一路。
蜿蜿蜒蜒的栈道，
还有那苍翠依旧的桑树，
藏不住，
秋日里寒蝉的凄楚。

塞外的寒风，
吹着黄沙下，
也许从未有人踏过的悲苦，
一步一步，
浇灌着遍地黄芦草的岁岁荣枯。
大漠里奔忙的人呐，
你可曾敬畏过生命，
在塞外昏黄的天际线下，
膜拜这大地之母。
天地悠悠，
人亦何欢，
你亦何苦，
散尽繁华，
只不过一掬尘土。

薄酒里再添一把胡笳

004

天净沙·秋思

作品　天净沙①·秋思

作者　元·马致远

枯藤②老树昏鸦③，
小桥流水人家④，
古道⑤西风⑥瘦马⑦。
夕阳西下，
断肠人⑧在天涯⑨。

注释

①天净沙：越调，曲牌名。又名《塞上秋》。单调二十八字，五句。
②枯藤：枯萎的枝蔓。
③昏鸦：黄昏时的乌鸦。昏：傍晚。
④人家：农家。
⑤古道：古老荒凉的道路。
⑥西风：寒冷、萧瑟的秋风。
⑦瘦马：瘦骨如柴的马。
⑧断肠人：形容伤心悲痛到极点的人，此处指漂泊天涯、极度忧伤的旅人。
⑨天涯：远离家乡的地方。

‖时光和弦‖

又见天净沙

昔时夕阳西下，
薄酒里再添一把胡笳，
枯藤树下江湖系马，
西风里北雁寻家，
断桥边愁对一树晚霞，
琵琶声中又闻玉颜如花，
古道上枯草萋萋无人踏，
流水畔倦伏几只寒鸦。

是谁，
把天地挥洒成一幅残画，
任由他：
乌眉苦影霜花，
皱衫蹒履愁杀，
孤老凋颜乱发，
独行天下，
长笛声里思家。

巴西的蜀道，一头牵着思乡的甜

005

巴山道中除夜书怀

作品 巴山道中除夜[1]书怀

作者 唐·崔涂

迢递[2]三巴[3]路，羁危[4]万里身[5]。
乱山残雪[6]夜，孤烛[7]异乡人。
渐与骨肉[8]远，转于僮仆亲[9]。
那堪[10]正飘泊，明日岁华[11]新。

注释

①除夜：除夕夜，即阴历十二月最后一天的晚上。有些版本作『除夜有怀』。

②迢（tiáo）递：遥远的样子。

③三巴：巴郡、巴东、巴西的合称。汉末益州牧刘璋设『巴郡』『巴东』『巴西』三郡，故有『三巴』之说，是指今四川嘉陵江和綦江流域以东的大部分地区。后亦多泛指四川。

④羁（jī）危：羁，寄寓异乡；危，艰危困苦。

⑤万里身：身在离家万里之外，指路途遥远。

⑥残雪：残余的积雪。

⑦孤烛：一作孤独。

⑧骨肉：指有血统关系的亲人。

⑨僮（tóng）仆：未成年的仆人。亲：亲近。

⑩那堪（kān）：哪能受得了。

⑪岁华：年华。

‖时光和弦‖

除夕的夜

过了这一夜，
又是一个新年，
巴郡的残雪，
融不了遥远的思念，
孤独的烛光里，
只有随行僮仆在身前。

过了这一夜，
异乡就在眼前，
巴东的除夕，
吸引不了回眸的眼，
陌生的爆竹声，
请传去我平安的玉笺。

过了这一夜，
亲人越来越远，
巴西的蜀道，
一头牵着思乡的甜，
这唯一的牵挂，
支持着我天行万里远。

夜半里独自唱歌的灯笼

006

长相思·山一程

作品　长相思[1]·山一程

作者　清·纳兰性德

山一程[2]，水一程，身向榆关[3]那畔[4]行，夜深千帐灯[5]。
风一更[6]，雪一更，聒[7]碎乡心梦不成，故园[8]无此声[9]。

注释

①长相思。词牌名，唐教坊曲。《古诗十九首》有『客从远方来，遗我一书札。上言长相思，下言久离别。』（作者未知）而得名。又名《双红豆》《忆多娇》《吴山青》《山渐青》《相思令》《长思仙》《越山青》等。原有平仄两格。双调三十六字。平韵格为前后阕格式相同，各三平韵，一叠韵，一韵到底；仄韵格如是压仄韵。别有四十四字三首联章一体。

②程：道路、路程。

③榆关：今山海关，在今河北秦皇岛东北。

④那畔：即山海关的另一边，指身处关外。

⑤千帐灯：军营行帐的灯火。千帐：虚数，指军营数量多。

⑥更：旧时一夜分五更，每更大约两小时。

⑦聒（guō）：声音嘈杂，这里指风雪声。

⑧故园：故乡，这里指北京；

⑨此声：指风雪交加的声音。

‖时光和弦‖

灯笼

早寒二月，
夹着塞外冰雪的冷风，
唤醒一盏，
夜半里独自唱歌的灯笼。
歌声里，
故乡有青瓦黛墙和朱门耀眼的红，
还有，
枣树下结绳打枣的孩童。
那些青涩的果子，
像一盏盏唱着离殇的灯笼，
用山海榆关的旧枯骨，
织成一个个战士的梦。
那独自唱歌的灯笼哟，
为何你变换千重，
在子夜时分的惆怅里，
唤醒一个又一个的灯笼，
照亮这一片，
无声的苍穹。

朝食暮啖，烟火相亲。

007

暮过山村

作品　暮过山村

作者　唐·贾岛

数里闻寒水[1]，山家[2]少四邻[3]。
怪禽[4]啼旷野，落日恐[5]行人。
初月未终夕[6]，边烽不过秦[7]。
萧条桑柘[8]处，烟火[9]渐相亲。

注释

①寒水：清冷的流水。
②山家：山野人家。
③四邻：周围邻居。
④怪禽：此指鸱鸮（chīxiāo）一类的鸟。
⑤恐：此处为使……惊恐。
⑥终夕：通宵，彻夜。
⑦秦：指今陕西南部一带。
⑧桑柘（zhè）：此处用本意，桑木与柘木。
⑨烟火：指炊烟，泛指人烟。

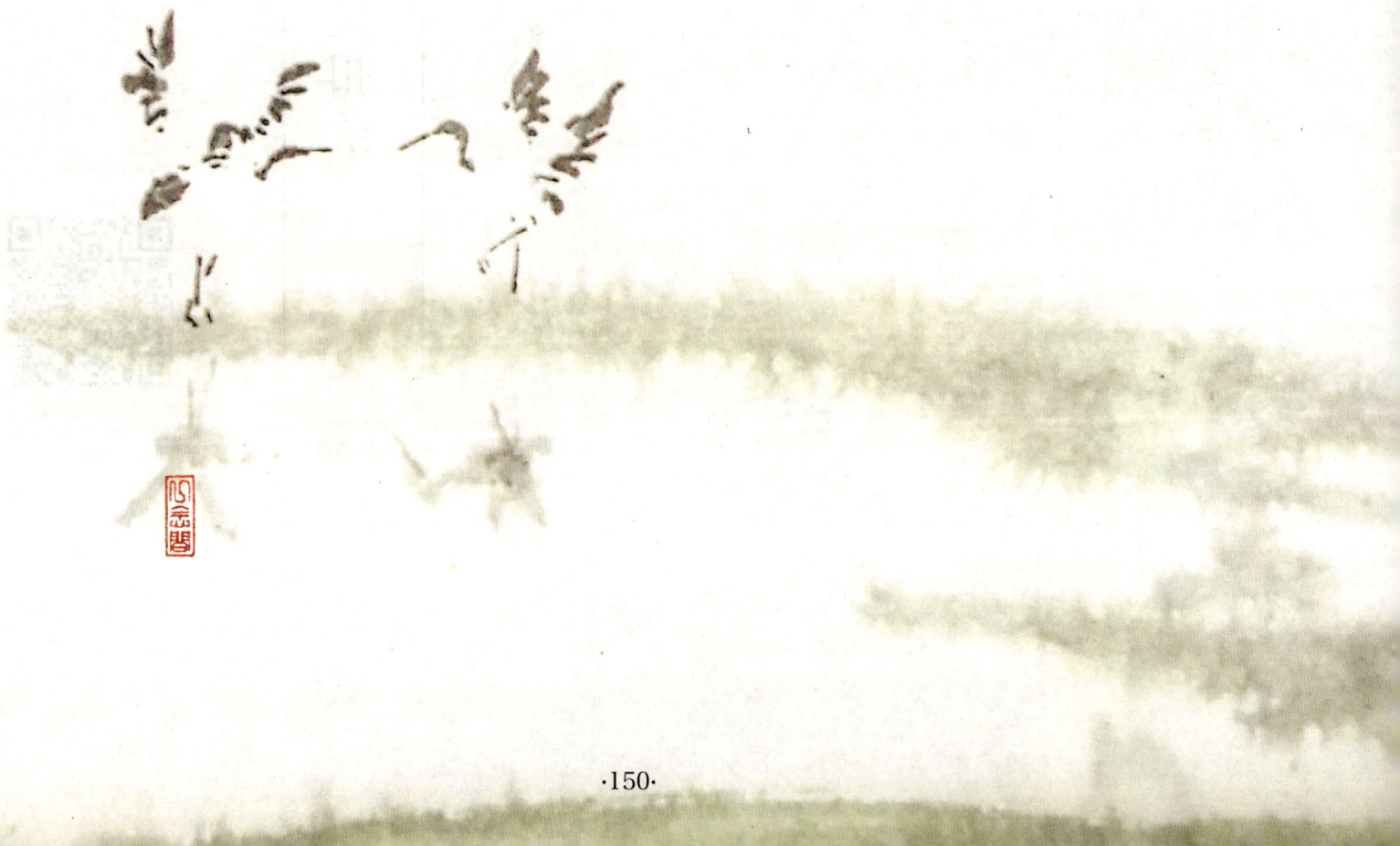

‖时光和弦‖

暮过山村

是日，晚霞初露，夕阳似火，盘山小径，藏道于树，目及之外渐隐渐现，逐失于草木。沿山涧树石间隙而行，周遭草灌润湿，青石潮滑，步履稍慎，战战兢兢，攀于逆流。不数里，前路豁然开朗，两侧青山跌宕，似鹤翅翔天显露中空。左十余步，山势大变，径徒转，入眼翡冷绿翠咫尺迎面，呼吸之间渐有水汽如兰，气温骤降，阴风刮骨，指尖所触，草木皆寒。隐约可闻谷中轰响大作，似雷鸣，似钟击，似有大水如瀑跌落，直击谷底。

顺羊径蜿蜒而行，偶有险峻处，皆以斧石穿啄，恰适一足或半履，陡然步上，可至一断崖，触目远及，居一牧野山村，落于山外，周侧人家，数不过几，盘指可尽，山岭深远，故少四邻。沿崖左曲，露一怪石，石白底灰，背阴处附青苔无数，其上有突兀，斜插入空，似猛禽啸天，啼于旷野。引林中鸱鸮啸叫连连，忽如箜篌，忽如木鱼，暮落萧瑟败落之像由音而入耳，由耳入目，直彻心扉。又落日沉云，渐沉山西，古道死寂，余折枝持仗，蹒跚而独行，无遇一路人。

古有桃花源隐于武陵，林尽水源方得一山，避世而不知有汉。余徒步辗转，背襟皆湿，终至山尽，亦得一山村，作如是观。边锋无事，百姓康安，途无旅人，世凝尘镜，如是其故。此时近晚，新天初月，白光如洗，吉世祥瑞普照，盖天下太平，村居于山林而得清净，人处于盛世得享天伦。山人朴直，依山而樵，傍水而渔，天明而作，日落而息，晨明锄禾，日晚点灯，朝食暮啖，烟火相亲，夫一世作一时，无可愁虑。余一路忐忑，恐山野荒芜，天地苍凉，不知可处，时炊烟可闻，桑麻蚕嘶，豆灯缥缈，亦渐行渐暖。世安平之处有几，知者不闻，皆不扰矣！

渔夫、书生和诗人的梦

008

旅宿

作品　旅宿

作者　唐·杜牧

旅馆无良伴[1]，凝情[2]自悄然[3]。
寒灯[4]思旧事，断雁[5]警[6]愁眠。
远梦[7]归侵晓[8]，家书到隔年。
沧江[9]好烟月[10]，门[11]系钓鱼船。

注释

①良伴：好朋友。
②凝情：凝神沉思。
③悄然：忧伤的样子。这里是忧郁的意思。
④寒灯：昏冷的灯火。这里指倚在寒灯下面。
⑤断雁：失群之雁，这里指失群孤雁的鸣叫声。
⑥警：惊醒。
⑦远梦：归家之梦，家远梦亦远。
⑧侵晓：破晓。
⑨沧江：泛指江，一作『湘江』。
⑩好烟月：美好的风景。
⑪门：门前。

‖时光和弦‖

悦来客栈

我住在街道的拐角，
那里有一家，
悦来客栈。
椭圆的鹅卵石铺满街头，
一直通往半里外沧江的渡口，
半开着的窗，
将刺骨的冰冷送到我的阁楼。

桌上唯一的一杯冷茶，
仿佛诉说着这个客栈的老旧，
烛台上，
昏黄的油灯火光如豆。
这浓缩的漆黑里，
孤单潜伏了很久，很久，
安静的，
听着隔壁一个人咳嗽。

有一个人不停地咳嗽，
无力而又费力的声音，
好像迟迟垂暮的老道念咒，
我想他应该是要死了，
也许，就在明天清晨或者午后，
也许，一生的回忆此刻把他弄疼了，
来不及，帮他把许多鲜活的记忆折旧。

悦来客栈的墙板早已年久失修，
我在这萧条的阁楼里听着地板吱嘎吱嘎，
透过白色月光照耀的窗棂，
有一个邮差站在鹅卵石的路口，
一定是有一封家书到了，
我这样想，
只是不知道会递给哪一双手。

悦来客栈里住着许许多多的人，
他们没有一个是我的朋友，
那个嗓门最大的一定是个船夫，
喊着纤夫号子的大嘴此刻沾满烤肥羊的油，
他的渔船多半就系渡口，
咀嚼的动静把隔壁的咳嗽声淹没，
顺着潮起潮落荡漾漂流。

漂流，就像破晓时分才做的一个梦，
在起床洗漱前就一定会醒来，
回味梦里每一个细节，
这样的特权只有住在悦来客栈才会有。
每一个人都这样来来去去，
唯独我，
熟悉这周边的每一块青苔和石头，
我唯独不熟悉的，
是每个黎明前，
渔夫、书生，还有诗人的梦，
和，
隔壁那个人，
一遍又一遍的咳嗽。

第 六 章

怀 才 壮 志

满江红·怒发冲冠

好男儿理当战死沙场

001

作品 满江红[1]·怒发冲冠

作者 宋·岳飞

怒发冲冠[2]，凭栏处、潇潇[3]雨歇。抬望眼，仰天长啸[4]，壮怀激烈。三十功名尘与土[5]，八千里路云和月[6]。莫等闲[7]、白了少年头，空悲切！

靖康耻[8]，犹未雪。臣子恨，何时灭！驾长车，踏破贺兰山[9]缺。壮志饥餐胡虏肉，笑谈渴饮匈奴血。待从头、收拾旧山河，朝天阙[10]。

注释

①满江红：词牌名，又名《上江虹》《念良游》《伤春曲》。唐人小说《冥音录》载曲名《上江虹》，后更名《满江红》。宋以来始填此词调。《钦定词谱》以柳永『暮雨初收』词为正格。九十三字，前阕四十七字，八句，四仄韵；后阕四十六字，十句，五仄韵。用入声韵者居多，格调沉郁激昂，前人用以抒发怀抱，佳作颇多。另有平声格，双调九十三字，前阕八句四平韵，后阕十句五平韵。

②怒发冲冠：因为生气而头发竖起，以至于将帽子顶起。形容愤怒至极。

③潇潇：形容雨势急骤。

④长啸：大声呼叫。

⑤三十功名尘与土：三十年来，建立了一些功名，如同尘土。

⑥八千里路云和月：形容南征北战、路途遥远、披星戴月。

⑦等闲：轻易，随便。

⑧靖康耻：宋钦宗靖康二年（1127年），金兵攻陷汴京，虏走徽、钦二帝。

⑨贺兰山：贺兰山脉位于宁夏回族自治区与内蒙古自治区交界处。一说是位于邯郸市磁县境内的贺兰山。

⑩朝天阙：朝见皇帝。天阙：本指宫殿前的楼观，此指皇帝生活的地方。

‖时光和弦‖

和所有怒发冲冠的将士一样

我是这片疆土永远的臣子，
跪拜这贺兰山后的河山，
和所有怒发冲冠的将士一样，
深爱着身后的八千里路云和月。

我恨这破碎的天阙，
更羞耻于国破家恨仇未雪，
和所有怒发冲冠的将士一样，
渴望着痛饮仇敌的鲜血。

此仇难消，我闪耀着寒光的战甲渴望鲜血，
饱食敌人血肉的斧戈，
和所有怒发冲冠的将士一样，
用干哑的嘶吼划破这茫茫长夜。

此恨难灭，我能做的就是坚守这身后的茫茫长夜，
也许终究是抱着理想去死亡，
也许千里荒芜，长啸苍凉，
和所有怒发冲冠的将士一样，
就算知道希望即将熄灭，
也要为这破碎的家园守夜。

无论这一切是否会改变，
我愿用热血最后一次呼唤这片疆土的儿郎，
报国正当时，莫等闲，
和所有怒发冲冠的将士一样，
好男儿理当战死沙场。

如果这一切都将不会改变，
我愿做这片疆土最后的守望人，
守护这破碎的河山向着不灭的太阳，
飞越虚无，飞向永恒的光茫，
而我，将会驾着白马的战车，
把暗红的枪尖擦亮，
和所有怒发冲冠的将士一样，
用燃烧着怒火的铁蹄，
把所有敌人的奢望，
一路踏灭。

002

振翅在晨夕分明的云底。

望岳·其一

作品　望岳·其一

作者　唐·杜甫

岱宗[1]夫[2]如何[3]？齐鲁[4]青未了[5]。
造化[6]钟[7]神秀[8]，阴阳[9]割[10]昏晓[11]。
荡胸[12]生层[13]云，决眦[14]入[15]归鸟。
会当[16]凌[17]绝顶，一览众山小[18]。

注释

①岱宗：泰山亦名岱山或岱岳，五岳之首，在今山东省泰安市城北。古代以泰山为五岳之首，诸山所宗，故又称『岱宗』。

②夫（fú）：语气词，强调语气，无实在意义。

③如何：怎么样。

④齐鲁：春秋齐鲁两国以泰山为界，齐国在泰山北，鲁国在泰山南，在今山东境内，后用齐鲁代指山东地区。

⑤青未了：指郁郁苍苍的山色无边无际、连绵不断。青：指苍翠、翠绿的美好山色。未了：不尽，不断。

⑥造化：大自然。

⑦钟：聚集。

⑧神秀：神奇秀美。

⑨阴阳：阴指山的北面，阳指山的南面。这里指泰山的南北。

⑩割：分割。

⑪昏晓：黄昏和早晨。极言泰山之高，山南山北因之判若清晓与黄昏，明暗迥然不同。

⑫荡胸：心胸摇荡。

⑬层：同『曾』，重叠。

⑭决眦（zì）：决，裂开。眦，眼角。眼角（几乎）要裂开。形容张大眼睛远望归鸟入山所致。

⑮入：收入眼底，即看到。

⑯会当：终当，定要。

⑰凌：登上。凌绝顶，即登上最高峰。

⑱小：形容词的意动用法，意思为『以……为小，认为……小』。

‖时光和弦‖

飞翔

齐鲁边境的尽头，
我看见青草同顽强一起生长。
触摸云层的边缘，
我闻到阳光穿越过去，
划破天际的味道。
我赞叹造物主和它的神迹，
将所有的赞美雕刻在这方寸之地，
正如泥土的芬芳无论怎样擦拭，
也磨不平高耸入云的绝美雄奇。

澎湃的胸口不会因为攀越的艰辛，
放缓随风起伏的韵律。
矗立在这天地正气之间，
不满和失落渺小得如同砂砾，
是前行路上必备的崎岖。
如果眼睛看不见扶摇直上的飞鸟，
那是我已化作飞鸟，
振翅在晨夕分明的云底，
比邻绝顶，
一览无遗。

让我的尸体裹着军旗默示梦想

003

从军行

作品　从军行[1]

作者　唐·杨炯

烽火[2]照西京[3]，心中自不平。
牙璋[4]辞凤阙[5]，铁骑绕龙城[6]。
雪暗凋[7]旗画，风多杂鼓声。
宁为百夫长[8]，胜作一书生。

注释

①从军行：为乐府《相和歌·平调曲》旧题，多写军旅生活。但杨炯这首实际上是一首五律，借用了曲题。

②烽火：古代传递战事告急的烟火。

③西京：长安。

④牙璋：古代发兵所用之兵符，分为两块，相合处呈牙状，朝廷和主帅各执其半。指代奉命出征的将帅。

⑤凤阙：汉建章宫的圆阙上有金凤，故以凤阙指皇宫。

⑥龙城：又称龙庭，在今蒙古国鄂尔浑河的东岸，汉时为匈奴的要地，汉武帝派卫青出击匈奴，曾在此获胜。这里指塞外敌方据点。

⑦凋：凋零。此指色彩暗淡。

⑧百夫长：一百个士兵的头目，泛指下级军官。

‖时光和弦‖

就让我去战死沙场

我曾如此渴望战死沙场，
这是诞生在龙和骏马心中的梦想，
松枝点燃的天火，
照亮西京每一个潮湿的地方。
征伐在呼唤咆哮里的戎装，
才是男儿逆风而上的梦想，
铁骑与马刺践踏着呐喊，
在战鼓和狂风中召唤英雄龙城擒王。

就让我去战死沙场，
用边塞的烽火点燃一个梦想，
如果手中的笔改变不了河山的晦暗，
就用敌人的头颅将天空照亮。
就让我去战死沙场，
让我的尸体裹着军旗默示梦想，
我的热血就该洒在疆场，
守护每一寸被称为国土的地方。

望阙台

以我忠诚，再换十年兴旺。

004

作品　望阙台[1]

作者　明·戚继光

十年[2]驱驰海色寒，
孤臣[3]于此望宸銮[4]。
繁霜尽是心头血，
洒向千峰秋叶丹。

注释

①望阙（quē）台：在今福建省福清县，是戚继光自己命名的一个高台。戚在《福建福清县海口城西瑞岩寺新洞记》中有记：『一山抱高处，可以望神京，名之曰望阙台。』阙：宫闱，指皇帝居处。

②十年：戚继光从嘉靖三十四年调浙江任参将，再到嘉靖四十二年到福建抗倭，前后约十年左右时间。

③孤臣：远离京师，孤立无援的臣子，此处是自指。

④宸（chēn）銮（luán）：皇帝的住处。

‖时光和弦‖

问剑

秋来，秋往，
站在满是银杏的山顶北望，
裹着百里东海的风，
随着血红江山的哭啼荡漾。
苍穹，苍茫，
刀光剑影里掠过十年的风霜，
一生戎马尽付海疆，
誓言只有一句：
要倭寇就此灭亡！
杀！我满城的金甲儿郎，
誓言要用鲜血染红，
才对得起这千里河山的一树繁霜。
杀！我舍生忘死的戚家兵将，
烽火乱世里志当远长，
千秋功业愿君莫忘，
问剑问心问天下，
以我忠诚，
再换家国十年兴旺！

整个秋天都在歌唱

005

始闻秋风

作品　始闻秋风

作者　唐·刘禹锡

昔看黄菊与君[1]别，今听玄蝉[2]我[3]却回。
五夜[4]飕飗[5]枕前觉，一年颜状[6]镜中来。
马思边草拳毛[7]动，雕眄[8]青云睡眼开。
天地肃清[9]堪四望，为君扶病[10]上高台。

注释

①君：这是秋风对作者的称谓。

②玄蝉：即秋蝉，黑褐色。

③我：秋风自称。一二句借用秋风的角度和口吻。

④五夜：一夜分为五个更次，此指五更。

⑤飕飗（sōuliú）：风声。

⑥颜状：容貌。

⑦拳毛：攀曲的马毛。

⑧雕眄（miàn）：猛禽斜着眼睛看。眄：斜视，一作「盼」。

⑨肃清：形容秋气清爽明净。

⑩扶病：带病。

‖时光和弦‖

我已不能舞蹈

裹着秋天金黄色的风，
围着篝火舞蹈，
律动的步伐踏着一如既往的轻快，
让一朵黄菊想起去年夏末的期待。
然后，月亮从秋蝉的哀鸣里升起，
歌唱丰收、果实和衰败，
还有我，
镜光中落寞的苍白。

我曾经与你相别了，
一如我也曾经期待你回来，
我的脚印还在玉米地里跳舞，
骑着白马追逐肥美的水草，
安静地对着天空表白。

那脚印就这样整齐地摆放着，
直到篝火的灰烬熄灭，
余烟缭绕，陪着青云从梦中醒来，
天空飞过的太阳车与大雁，
呼啸着掠过青云朦胧的双眼，
在满是水分的晨曦里，
寻找可以跳舞的地平线。

可我已经不能舞蹈了，
一如我已经不再感到伤怀，
整个秋天都在歌唱，
那熟悉的律动一如既往的轻快，
沿着寒冷的溪流，
在落英芬芳的竹林，
将还未成熟的自由采摘。

我再也无法舞蹈了，
伤痛在这个秋天如期而来，
我用了整整一年期待秋风的回归，
却只用了一天，
将伤心轻轻地掩埋。

第 七 章

边塞征战

塞外的白云大漠的烟

001

凉州词

作品 凉州词①

作者 唐·王之涣

黄河②远上③白云间，
一片孤城④万仞⑤山。
羌笛⑥何须⑦怨杨柳，
春风不度⑧玉门关⑨。

注释

①凉州词：又名《出塞》。为唐朝当时流行的一首曲调《凉州词》配的唱词。郭茂倩《乐府诗集》卷七十九《近代曲词》载有《凉州歌》，并引《乐苑》云：『《凉州》，宫调曲，开元中西凉府都督郭知运进。』凉州在今甘肃省武威市凉州区。

②黄河：一作『黄沙』

③远上：远远望去。这里指远望黄河的源头。『远』一作『直』。

④孤城：指孤零零的戍边的城堡。

⑤万仞：仞，古代的长度单位，一仞相当于七尺或八尺（约等于213厘米或264厘米）。万为虚指。

⑥羌笛：羌族的一种乐器，属横吹式管乐。

⑦何须：何必。

⑧不度：没有到过。

⑨玉门关：汉武帝置，因西域输入玉石取道于此而得名。故址在今甘肃敦煌西北小方盘城，是古代通往西域的要道。六朝时关址东移至今安西双塔堡附近。

‖时光和弦‖

春风忘

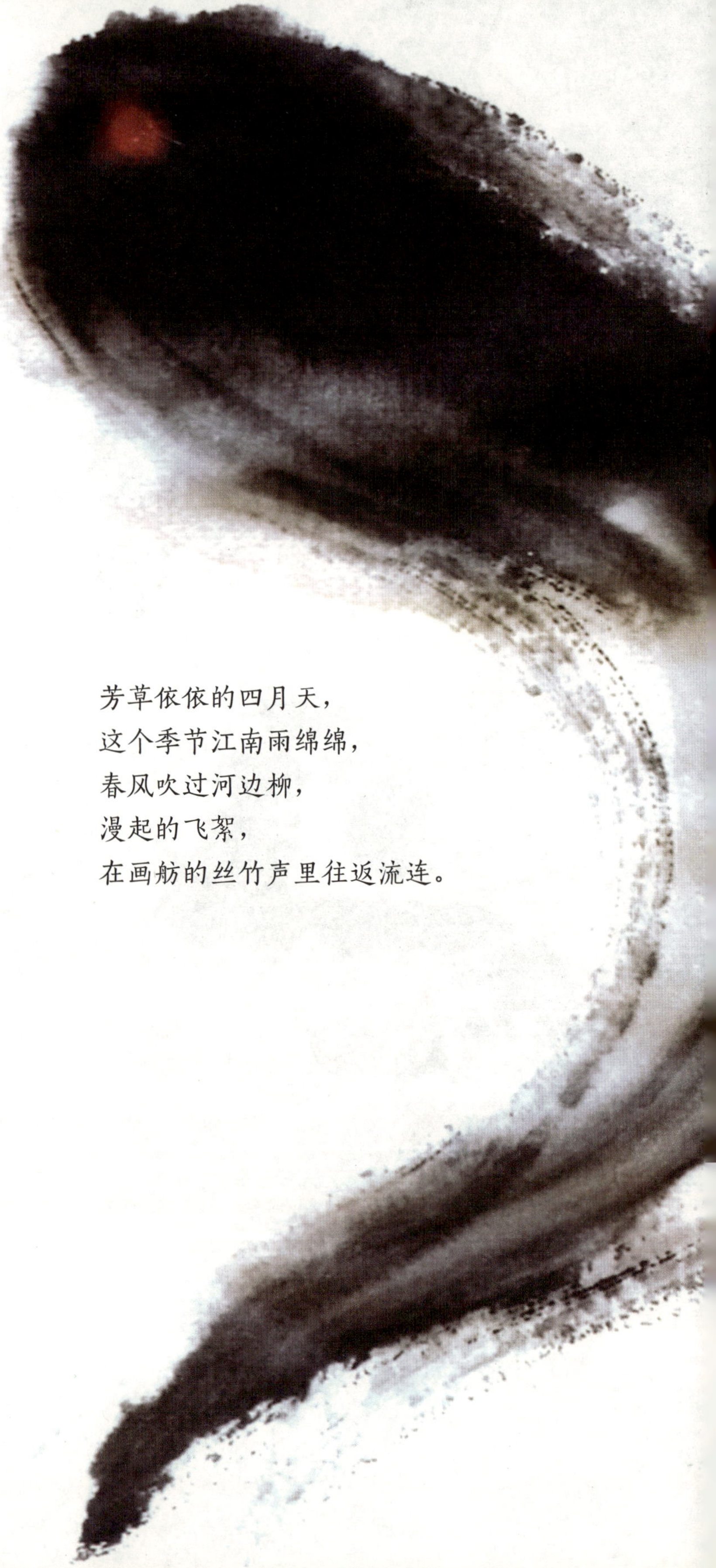

芳草依依的四月天，
这个季节江南雨绵绵，
春风吹过河边柳，
漫起的飞絮，
在画舫的丝竹声里往返流连。

它似乎遗忘了，
塞外的白云大漠的烟，
万仞的孤山连着天，
还有那躲在声声羌笛里，
淡淡的相思淡淡的怨。

它一定遗忘了，
烽火台山上家人的思念，
还有玉门关外想家的少年，
流连在江南的迷离里，
忘却了北上的时间，
将春风，
遗失在流淌千年的黄河边。

春天依然还在

002

春望

作品　春望

作者　唐·杜甫

国破[1]山河在，城春草木深[2]。

感时[3]花溅泪，恨别[4]鸟惊心。

烽火[5]连三月，家书抵[6]万金。

白头搔[7]更短，浑欲不胜[8]簪[9]。

注释

①国破：都城陷落。国，指长安；破，陷落。

②草木深：草木因无人修剪而生长茂盛，这里指人烟稀少。

③感时：为国家的时局而感伤。

④恨别：怅恨离别。

⑤烽火：古时边防报警的烟火，这里指安史之乱的战火。

⑥抵：值，堪比。

⑦白头：这里指白头发。搔：用手指轻轻的抓。

⑧浑：简直。欲：想，要，就要。胜：受不住，不能。

⑨簪：一种束发的首饰。古代男子蓄长发后用簪子横插住，以免散开。

‖时光和弦‖

春天还在

国破，山河还在。
城碎，残墙还在。
墙塌，路人还在。
人亡，草木还在。

麻木时，眼泪还在。
泪别时，怀念还在。
念尽时，春花还在。
花落时，余香还在。

远方有信时，亲情还在。
烽火连城时，思念还在。
独自守望时，希望还在。
希望渺茫时，感谢这个世界，春天依然还在。

凉州词二首·其一

醉卧沙场人未回

003

作品　凉州词①二首·其一

作者　唐·王翰

葡萄美酒夜光杯②，
欲③饮琵琶④马上催⑤。
醉卧沙场⑥君⑦莫笑，
古来征战几人回？

注释

①凉州词：又名《出塞》。为唐朝当时流行的一首曲调《凉州词》配的唱词。郭茂倩《乐府诗集》卷七十九《近代曲词》载有《凉州歌》，并引《乐苑》云：『《凉州》，宫调曲，开元中西凉府都督郭知运进。』凉州在今甘肃省武威市凉州区。

②夜光杯：据《海内十洲记》记载，夜光杯为周穆王时西胡所献之宝。相传用白玉精制成，因『光明夜照』得名。这里指精美的酒杯。

③欲：将要。

④琵琶：弹拨乐器，这里指作战时用来发出号角声的乐器。

⑤催：催促。

⑥沙场：古时指战场。

⑦君：你，此为对对方的尊称。

‖时光和弦‖

杯

盛酒的杯，
装满离人的泪，
在这萧飒的军帐下，
莫要忘记，
故乡思念的深闺。

战场的悲，
是人生一场醉，
在皇图霸业谈笑间，
一起品尝，
葡萄美酒的滋味。

将士的卑，
是江湖岁月催，
看尘世如潮人如水，
铁血江山，
有多少白骨累累。

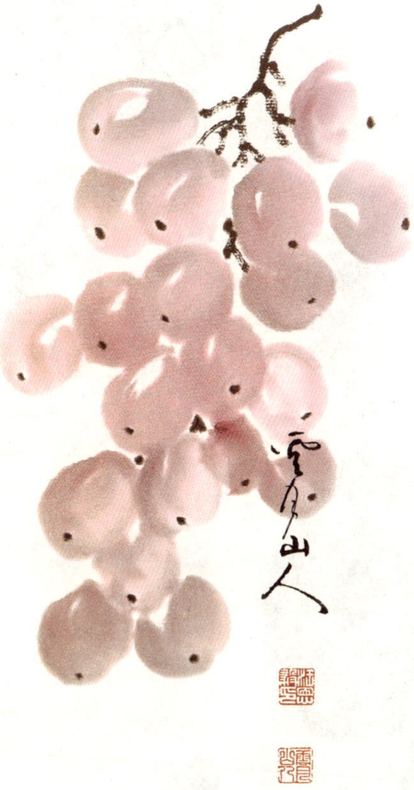

刻下的碑，
是风云出我辈，
在琵琶弦的清秋里，
为君写下，
醉卧沙场人未回。

塞外风流问金刀。

004

出塞二首·其二

作品　出塞二首·其二

作者　唐·王昌龄

骝马①新跨白玉鞍②，
战罢沙场③月色寒。
城头铁鼓④声犹震⑤，
匣里金刀血未干。

═ 注释 ═

①骝马：黑鬣黑尾巴的红马，这里指骏马。
②白玉鞍：指精美的马鞍。
③沙场：古代指战场。
④铁鼓：战鼓。
⑤震：因响声巨大而感到颤动。

归征

为将军牵来最好的宝马，
再配上崭新的马鞍。
为战士配上最好的宝刀，
再放进锃亮的刀鞘。
收缴所有的战利品，
吹响庆祝胜利的号角，
月光照耀着战士脸，
喜悦洋溢在凯旋的战道。
城头的战鼓声未消，
犹如那迎接将士的礼炮，
残留在金刀上的鲜血，
是告慰在天之灵的哀悼。

效古诗

丹青尽染，难为一世功名

005

作品　效古诗

作者　南朝·范云

寒沙四面平，飞雪千里惊。
风断阴山①树，雾失交河城②。
朝驱左贤阵③，夜薄休屠营④。
昔事前军幕，今逐嫖姚兵⑤。
失道刑既重⑥，迟留法未轻⑦。
所赖⑧今天子，汉道日休明。

═注释═

①阴山：内蒙古自治区中部山脉，东西走向，往东遥接内兴安岭，绵延1200余公里。包括狼山、乌拉山、色尔腾山、大青山等。

②交河城：古地名。在今新疆吐鲁番西北约五公里处。曾为车师前王国都城、麴氏高昌交河郡、唐交河县，后曾属吐蕃、回鹘。元末明初突然消失，具体原因尚有争议。

③朝驱左贤阵：指飞将军李广亲自指挥的一场激战。据《史记》记载，西汉元狩二年（公元前121年），李广率四千骑出右北平，迎战匈奴左贤王十倍于己的骑兵。李广布圆阵拒敌，「胡急击之，矢下如雨」，「吏士皆失色」。而李广「意气自如」，执大黄弩射杀匈奴偏将数人，终于坚持到援军到来，突围而出。

④夜薄休屠营：指骠骑将军霍去病的一次胜利远征。元朔二年（公元前127年），霍去病率万骑出陇西，「过焉支山千有余里」，杀折兰王、斩卢胡王、执浑邪王子及相国、都尉，「首虏八千余级，收休屠祭天金人」，一时名震遐迩。薄：迫近。

⑤嫖姚兵：元朔六年（公元前123年），霍去病尚不满十八岁，跟随大将军卫青出击匈奴，时领骠姚校尉衔。这里作者将自己比喻为霍去病的部属。

⑥失道刑既重：指李广晚年的不幸遭遇。李广率师出征，因为无人做向导而迷路，大将军卫青追究罪责，李广含愤自杀。

⑦迟留法未轻：指博望侯张骞，随李广出塞，迟留后期，按法「当斩」，只是由于出钱，「赎为庶人」。

⑧赖：依赖、依靠。

‖时光和弦‖

汉想

夜里，坐在冷寂的山顶，
薄雾笼罩的山谷，
弥漫无数萧瑟的身影。
战鼓敲响了，
迎面一位彪慑的将军，
手持着长弓，
仿佛能穿越时空，
一箭射入先秦。
这是塞外的古战场，
广阔的平原只听见寒沙低吟，
我愿跨上浴血的战马，
融进六百年前大汉风云。
随飞将军四千死士，
狙击十倍骑兵，
与霍校尉万骑同行，
斩敌首八千级。
阴山下千里的风雪，
浇不灭我的热血豪情，
哪怕军法如山，
千古名将多不幸，
哪怕后书史册，
只留下帝王功名，
我也愿，
征战在驱逐北方铁骑的烽烟里，
以赫赫战功，
尽染千年丹青。

第 八 章

抒怀感慨

伤心却似横塘堤，挡不住连绵岁月一场雨。

001

作品　惜春词

作者　唐·温庭筠

百舌[①]问花花不语，低回似恨横塘[②]雨。
蜂争粉蕊蝶分香，不似垂杨惜金缕[③]。
愿君[④]留得长妖韶[⑤]，莫逐东风还荡摇。
秦女[⑥]含颦[⑦]向烟月，愁红[⑧]带露空迢迢[⑨]。

注释

①百舌：鸟名，能模仿百鸟之声。或代指百鸟。欧阳修名句『泪眼问花花不语』（《蝶恋花·庭院深深深几许》）亦由从此句化出。

②横塘：三国时期吴国在建业（今南京市）秦淮河边修建的堤岸。此处借名泛指秦淮河。

③金缕：金贵的枝条。比喻杨柳自珍。亦有人认为此二字仅仅指金色的枝条。

④君：指花。此处明文指花，暗喻喻人。

⑤妖韶：妖娆美好。

⑥秦女：有学者认为此处泛指秦地之女。但在古代文学作品中，『秦女』『秦娥』一般专指春秋时秦穆公之女——弄玉。弄玉嫁给善吹箫的箫史，后二人在城上奏乐，因乐声似凤鸣，故招来凤凰，二人遂乘凤升天而去。

⑦颦（pín）：皱眉，常用来形容愁态。

⑧愁红：指枯萎或即将枯萎之花，其状似女子含愁之态。此处借指诗中的女子。

⑨迢迢：喻指远逝。

‖时光和弦‖

问花语

闻花蕊，香一缕，
双飞蝶，梦迷离，
昨夜东风吹柳絮，
人生难舍一场戏。
旧容颜，
早逝朝夕风华里，
若命运还可许我老去，
我愿意含笑看一世风雨，
盼良人白首不相离，
心若琉璃，
可消除此情无计。

红尘当歌三万里，
抚琴不语，
叹烟月深处难自禁，
谁不想人生相逢一知己，
我却无可奈何花落去。
百舌鸟，无可依，
情未了，花不语，
我欲低头忆旧年，
伤心却似横塘堤，
挡不住，
连绵岁月一场雨。

举杯对银烛，他已不可及。

望江南·三月暮

002

作品　望江南[1]·三月暮

作者　宋·吴文英

三月暮[2]，花落更情浓。人去秋千闲挂月，马停杨柳倦嘶风。堤畔画船空。

恹恹[3]醉，长日小帘栊[4]。宿燕夜归银烛外，啼莺声在绿阴中。无处觅残红。

注释

①望江南：原唐教坊曲名，后用为词牌，又名《忆江南》《梦江南》《江南好》。《金奁集》入『南吕宫』。段安节《乐府杂录》中记载：『《望江南》始自朱崖李太尉（德裕）镇浙日，为谢秋娘所撰，本名《谢秋娘》，后改此名。』此调二十七字。首句为三字句。第二句为仄起平韵之五字句，句法上二下三。第三句为仄起仄收之七字句，第一、第三字平仄可不拘。第四句为平起平韵之七字句。第五句句法与第二句同，故第一字可平可仄。此调三、四两句，其句法全与平起七言诗中之颔联无异；所以历来词家多用对偶以求此词工整。

②三月暮：暮春三月，由春入夏的晚春季节。

③恹恹：形容精神恍惚困倦。

④帘栊：有珠帘的窗户。

‖时光和弦‖

寻你

惊蛰后的夜里，
珠帘上还挂着三月末细雨。
离人走过的渡桥畔，
停着画船划过的涟漪，
有些怀念就沾染在上面，
一圈一圈旋转思绪，
如飞逝的柳絮遥不可及。

春宵一墙红晕，
梳理着一匹瘦马的回忆。
油纸伞上的花瓣随风满地，
终究抵不过花期逝去，
分不清谁与我举杯对银烛，
在飞燕归巢的喃呢声里，
寻觅一朵落花的情意。

不甘俯首作诗文

003

剑门道中遇微雨

作品 剑门①道中遇微雨

作者 宋·陆游

衣上征尘②杂酒痕，
远游无处不消魂③。
此身合④是诗人未⑤？
细雨骑驴入剑门。

注释

①剑门：在今四川省剑阁县北。据《大清一统志》载：『四川保宁府：大剑山在剑州北二十五里。其山削壁中断，两崖相嵌，如门之辟，如剑之植，故又名剑门山。』

②征尘：旅途中衣服所蒙的灰尘。

③销魂：心怀沮丧得好像丢了魂似的，神情恍惚。形容非常悲伤或愁苦。

④合：应该。

⑤未：表示发问。

‖时光和弦‖

过剑门

山一程，水一程，
琵琶对襟话酒痕。
枯旅古道诗作伴，
白衣纸伞染征尘。

朝彩霞，暮黄昏，
半百金戈又一轮。
壮志未酬三万里，
无处黯然不伤神。

出幕府，入剑门，
细雨泯落英雄魂。
瘦驴难载满腔血，
衷情诉谁报国门。

柱石臣，牧羊臣，
闲赋不适我辈人。
铁马秋风挥北师，
不甘俯首作诗文。

长安夜雨

我在怀里，揣了一把隔夜的梦

004

作品　长安夜雨

作者　唐·薛逢

滞雨[①]通宵又彻[②]明，百忧如草雨中生。

心关桂玉[③]天难晓，运落风波梦亦惊。

压树早鸦飞不散，到窗寒鼓湿无声。

当年志气俱消尽，白发新添四五茎[④]。

注释

①滞雨：不停歇的雨。

②彻：直到。

③桂玉：昂贵的柴米。

④茎：量词，指长条形的东西。

‖时光和弦‖

今夜，我已老去

今夜，长安又下起了雨，
远处的青石路，
蘸着水雾里的潮湿，
泼洒出一阵扑朔迷离。
我在怀里，
揣了一把隔夜的梦，
傻傻地，站在墨蓝色的忧郁里。

今夜，我就这样老去，
落寞得像一个孤寡的老人，
在连绵的雨声里，
唤回飞散觅食的早鸦，
数落着不多的柴米。
这不是曾经的我呵，
那些风发的意气，
何曾连做梦都小心翼翼。

今夜，大雨目送我老去，
远处的更鼓，
一声声在我的心坎撞击，
亲手将梦想旗鼓偃息。
我只能傻傻地站着，
在窗口鱼贯而入的冷风里，
轻轻地抚摸，
染上霜雪的发髻。

从春天最温柔的地方开始

005

春日

作品　春日

作者　宋·汪藻

一春略无十日晴，处处浮云将雨行。
野田春水碧于镜，人影渡傍鸥不惊。
桃花嫣然[①]出篱笑，似开未开最有情。
茅茨[②]烟暝[③]客衣湿，破梦午鸡啼一声。

＝注释＝

①嫣然：美好貌。

②茅茨：茅草屋顶。

③烟暝：烟雨迷蒙。

‖时光和弦‖

温柔，从春天开始……

从山村的鸡鸣里开始，
请给我一个温暖的春天。
碧空万里如洗，
我要坐在云彩的蓬松里，
走过一池春水，
漫步春夜喜雨。

从春天最温柔的地方开始，
同归程的海鸥嬉戏，
送它一朵未开的桃花，
还有水面上我笑容的倒影。
请它告诉每一个路过的山村，
春芽在篱笆下翻新春泥，
春风在树枝上晾晒湿衣，
春天在陌生人的祝福声中，
拥抱含露的烟雨，
把所有的欢喜，
填满茅草屋的每一个缝隙。

故乡会来寻我

006

晚次乐乡县

作品　晚次乐乡县[1]

作者　唐·陈子昂

故乡杳[2]无际，日暮且孤征[3]。
川原[4]迷旧国[5]，道路入边城[6]。
野戍[7]荒烟断[8]，深山古木平[9]。
如何[10]此时恨，嗷嗷夜猿鸣。

注释

①次：停留。乐乡县：地名，唐时属山南道襄州，故城在今湖北荆门北九十里。

②杳（yǎo）：遥远。

③孤征：独自在旅途。孤，单独。征，征途。

④川原：山川原野。

⑤迷旧国：迷失了故乡。迷，迷失。旧国，故乡。

⑥边城：边远的小城。

⑦野戍（shù）：野外驻防之处。

⑧荒烟：荒野的烟雾。断：断绝，停止。

⑨平：此处指景象没有变化，模糊一片。

⑩如何：为何，为什么。

‖时光和弦‖

寻我

夕阳，
是天空最后的烟火。
模糊的城市，
是异乡小路最后的居所。
风烟，
从荒野的迷途里逃脱，
与自由的猿叫，
在入夜的深山里一唱一和。
我一个人，
走在一个人的思绪上，
采摘每一瓣惆怅的花朵，
幻想着某个时间，
故乡会来寻我。

从此间，花事葬了龙涎香

鹧鸪天·寒日萧萧上琐窗

007

作品 鹧鸪天[1]·寒日萧萧上琐窗

作者 宋·李清照

寒日萧萧[2]上琐窗[3]，梧桐应恨夜来霜。酒阑[4]更喜团茶[5]苦，梦断偏宜瑞脑[6]香。

秋已尽，日犹长，仲宣[7]怀远更凄凉。不如随分[8]尊前[9]醉，莫负东篱菊蕊黄[10]。

注释

①鹧鸪天：词牌名。又名《思佳客》《思越人》《醉梅花》《半死梧》。此调很像两首七绝相并而成，唯后阕换头处稍变。双调五十五字，前后阕各三平韵，一韵到底。上阕第三四句、下阕第一二句一般要求对仗。也是曲牌名。南曲仙吕宫、北曲大石调都有。字句格律都与词牌相同。北曲用作小令，或用于套曲。南曲列为『引子』，多用于传奇剧的结尾处。

②萧萧：凄清冷落的样子。原为象声词，如风声、雨声、草木摇落声、马蹄声。《诗经·小雅·车攻》有『萧萧马鸣』，《楚辞·九怀·蓄英》有『秋风兮萧萧』，《史记·刺客列传》有『风萧萧兮易水寒』。

③琐窗：镂刻连锁纹饰之窗户。多本作锁窗，当以琐窗为胜。

④酒阑：酒尽，酒酣。阑：残，尽，晚。裴骃集解曰『阑，言希也。谓饮酒者半罢半在，谓之阑。』

⑤团茶：团片状之茶饼，饮用时则碾碎之。宋代有龙团、凤团、小龙团等多种品种，比较名贵。

⑥瑞脑：即龙涎香，一名龙脑香。

⑦仲宣：王粲，字仲宣，汉末文学家，『建安七子』之一。其《登楼赋》抒写去国怀乡之思，驰名文坛。

⑧随分：随便，随意。

⑨尊前：指宴席上。尊，同『樽』。

⑩东篱菊蕊黄：化用陶渊明《饮酒二十首》的『采菊东篱下』句。

‖时光和弦‖

温一杯酒，饮故乡

我曾在，
小桥畔独饮苍凉，
在桃花林里抚琴吟悲伤，
岁月太悠长，
容我回眸望，
又见寒日里愁眉上琐窗。
难思量，
月下温酒杯透凉，
换盏更爱团茶香。
前尘里，
莫辩春秋故人远，
近眼前，
多情自古皆深藏。

我多想，
依着窗棂向外望，
望窗外梧桐夜夜染秋霜，
秋尽日悠长，
故乡终难忘，
经年旧岁里怀远更凄凉。
风波里，
不负篱下雏菊黄，
为君卷衣作淡妆。
从此间，
花事葬了龙涎香，
梦已断，
放轻风华醉一场。

赋首新词为君歌

作品　浣溪沙[1]·一曲新词酒一杯

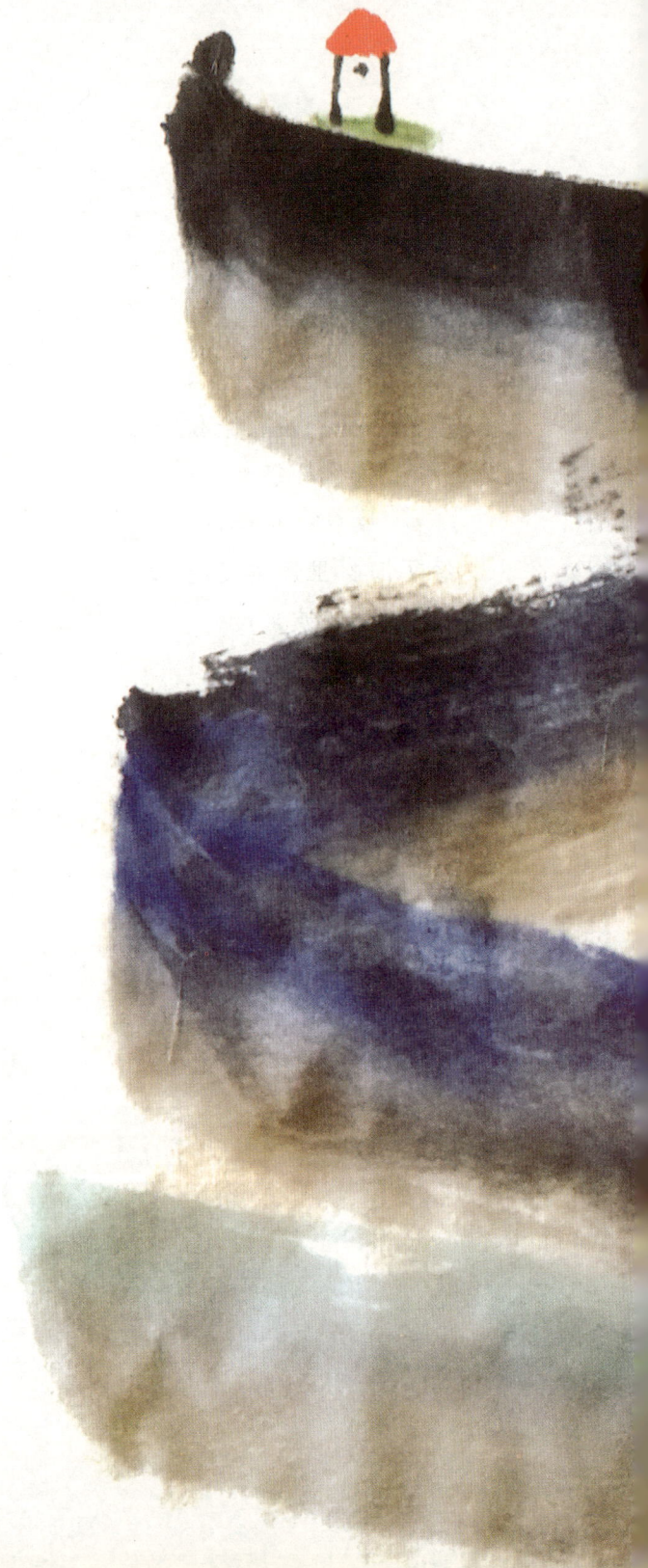

作者　宋·晏殊

一曲新词酒一杯[2]，去年天气旧亭台[3]。夕阳西下几时回？

无可奈何花落去，似曾相识[4]燕归来。小园香径独[5]徘徊。

浣溪沙·一曲新词酒一杯

008

注释

①浣溪沙：唐代教坊曲名，后用为词牌。分平仄两体，字数以四十二字居多，还有四十四字和四十六字两种。最早采用此调的是唐人韩偓，通常以其词为正体，另有四种变体。全词分两阕，上阕三句全用韵，下阕末二句用韵。此调音节明快，为婉约、豪放两派词人所常用。

②一曲新词酒一杯：此句化用白居易《长安道》中『花枝缺入青楼开，艳歌一曲酒一杯』。一曲，一首。新词，刚填好的词，意指新歌。酒一杯，一杯酒。

③去年天气旧亭台：此句化用五代郑谷《和知己秋日伤怀》诗中『流水歌声共不回，去年天气旧池台。』亭台，一作『池台』。去年天气，跟去年此日相同的天气。旧亭台，曾经到过的或熟悉的亭台楼阁。旧，旧时。

④似曾相识：好像曾经认识。形容见过的事物再度出现。后用作成语，即出自晏殊此句。

⑤独：副词，用于谓语前，表示『独自』的意思。

‖时光和弦‖

为君歌

将进酒，
未及与谁喝。
亭台之上杂念多，
随手拾一朵，
再借半壶春风把琴拨。
去年新朋三两个，
今日旧词剩几何？
时光去不回，
问夕阳，
几幅流连成一桌？
似相识，
门前龙马车。
小径深处寂寞多，
袖手探幽香，
却把眉前沟壑以扇遮。
雏燕不知归来辞，
落花偏恋湍急波，
逝者如斯夫，
杯未停，
当赋新词为君歌。

第九章

时令节气

未见冬色临，倒似春华近。

001

早冬

作品 早冬

作者 唐·白居易

十月江南天气好，可怜[1]冬景似春华[2]。
霜轻未杀萋萋[3]草，日暖初干漠漠[4]沙。
老柘[5]叶黄如嫩树，寒樱枝白是狂花。
此时却羡[6]闲人醉，五马无由[7]入酒家。

注释

①可怜：可爱。

②春华：春光。

③萋萋：形容草长得茂盛。

④漠漠：形容广漠沉寂。

⑤老柘：一种贵重木材，中国有四个品种。

⑥羡：羡慕。由于白居易是杭州刺史，不能随意入肆饮酒。

⑦无由：无需理由。

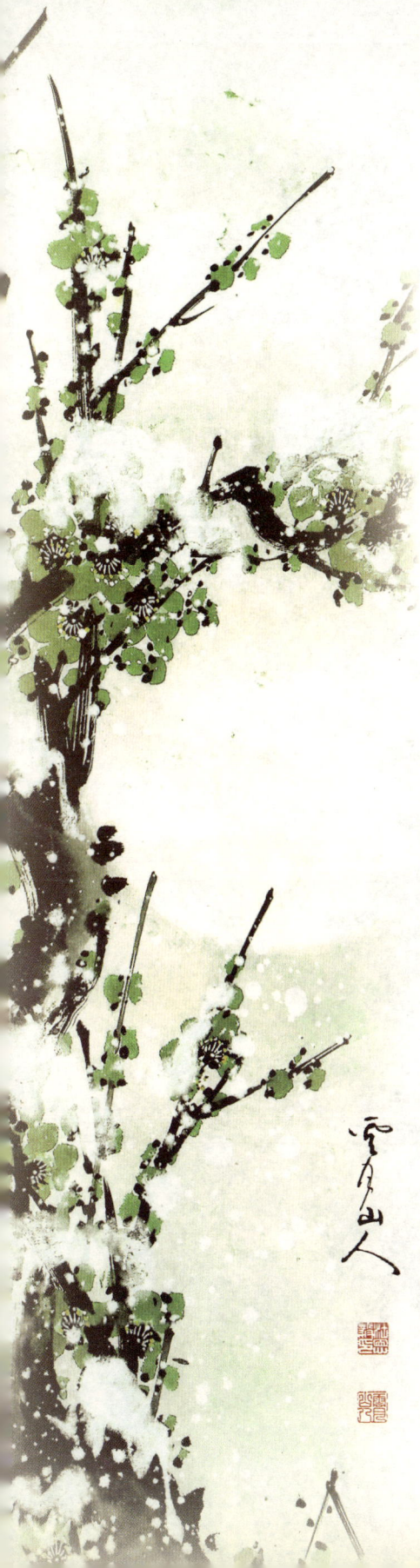

‖时光和弦‖

早冬记事

十月日晨，至园中，其草上，沾晨露，一秋虫附于其上，如饮珍珠。顾抬首，望远天，晨雾渐散，白日青天，朝日映红，霞光映云，满天绯红，凉风徐来，未见冬色临，倒似春华近。晚秋残霜，厉酷未显，几簇冬草，飘零墙角，日照微暖，未萎反昂，其下沙土，石硬干竭。院有树两株，一曰穿破石，枝高叶大，霜降后，叶渐黄。又逢时雨时晴，寒风北来，不几日，落叶满阶。日复返晴，余叶伶仃，似焕春心。有雀鸟鸣于树间，约十数，激昂转歇，片刻应声四起，时高时低，时远时近，其声不一。另一樱花，闻风而芽，玉枝吐白，不依时序，易路狂花。

思绪间，日渐高，热灼惊袭，薄衫见汗，风干物燥，强光隔廊侵，影下见尘扬。应为寒入，却似暑来，掐指略思量，几近立冬，此曰小春，古人复不欺也。欣欣然取清酒一盏，连数饮。此时此地，有园景独赏，有鸟鸣做伴，有温酒小酌，作闲人慕煞，故记。

爱看那，冬雪点来水墨画

002

大德歌・冬景

作品 大德歌・冬景

作者 元・关汉卿

雪粉华[1]，舞梨花，再不见烟村四五家。密洒堪图画，看疏林噪晚鸦。黄芦[2]掩映清江下，斜缆着钓鱼艖[3]。

═ 注释 ═

①华：光彩、光辉。

②黄芦：枯黄的芦苇。

③艖（chā）：小船。

‖时光和弦‖

画

北风妍来西风姹，
冬久迎岁腊，
一路凛冽到天涯，
爱看那，风作妙笔雪作画。
画一个烟村远山下，
三两个樵人雪中踏。
画出茅屋四五间，
檐下几串越冬辣。
画一片老树村前挂，
引漫天寒鸦唱萧飒。
画轮夕阳倦归巢，
呱叫凄凄将雪压。
画一条小河林间跨，
拔几簇黄芦清水下。
画条鱼艇斜靠岸，
画个渔夫吹唢呐，
唢呐声声鸣空谷，
此时最无话，
瞠目欲穷苍天下，
爱看那，冬雪点来水墨画。

青梅前，你恍然欠我一诺

003

秋夕

作品 秋夕[1]

作者 唐·杜牧

银烛[2]秋光冷画屏[3]，
轻罗小扇[4]扑流萤。
天阶[5]夜色凉如水，
坐看[6]牵牛织女星。

注释

①秋夕：秋天的夜晚。

②银烛：银色而精美的蜡烛。银，一作『红』。

③画屏：画有图案的屏风。

④轻罗小扇：轻巧的丝质团扇。

⑤天阶：露天的石阶。天，一作『瑶』。

⑥坐看：坐着朝天看。坐，一作『卧』。

‖时光和弦‖

叙世

这故事曾从未与人说，
银烛灯火里有几过客，
秋光暖，执青螺，
取脂红将朱唇勾勒，
夕阳下，久长坐，
未见他夜来相思薄。

青纱帐里炉火正暖和，
执罗扇日晚倦看萤火，
灯花弱，流星落，
流年相思都束高阁，
屏前思，人在何，
听牛郎唱着织女歌。

睡梦里曾见他回来过，
醒来对镜芙蓉妆散落，
瑞脑香，染过客，
明朝空杯流霞独酌，
数繁星，有几多，
天阶如凉夜色如泼。

待梳妆戴落梅两三朵，
女儿酒在炉火上煨热，
妆半残，乌云遮，
附荣华他怎会来喝，
朱墙外，寒鸦过，
古来秋扇寂寞不过。

将尽萤火是否太炙热，
难取舍该否浓妆淡抹，
海棠开，桃花色，
如何问他如此洒脱，
不放手，又如何，
谁来怜惜半生执着。

公子啊，
可见那，门前石阶藏着青苔色，
十年回忆，似白纸染尽烟雨墨。
青梅前，你恍然欠我一诺，
犹只问，是不是一笑而过。
成全春闺梦空落，
明日花开醉阡陌，
自吟一首未名曲，
且由他，一别百年胭脂祸。

约客

棋子不知何处落，傻等灯花渐渐弱。

004

作品　约客①

作者　宋·赵师秀

黄梅时节②家家雨③，
青草池塘处处蛙④。
有约⑤不来过夜半，
闲敲棋子落灯花⑥。

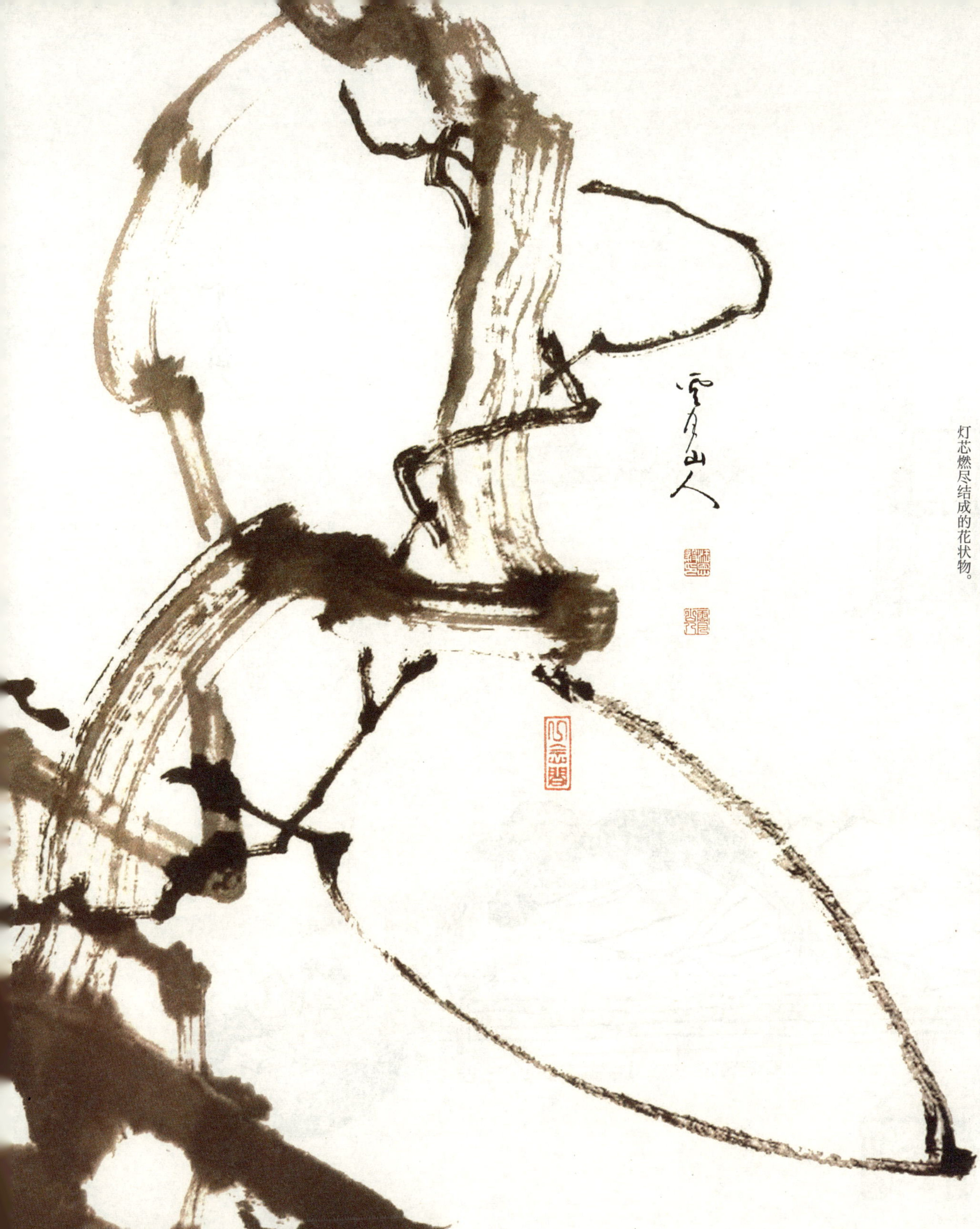

注释

①约客：邀请客人来相会。

②黄梅时节：五月，江南梅子熟了，大都是阴雨绵绵的时候，称为『梅雨季节』。

③家家雨：家家户户都赶上下雨。形容处处都在下雨。

④处处蛙：到处是蛙声。

⑤有约：即为邀约友人。

⑥落灯花：旧时以油灯照明，灯心烧残，落下来时好像一朵闪亮的小花。落，使……掉落。灯花，灯芯燃尽结成的花状物。

‖时光和弦‖

约客

屋檐花落，约几个旧友来家坐一坐。
黄梅果未落，江南雨先来把天捅破。
淅沥沥慢慢落，池塘里蛙叫等来客。
棋子不知何处落，傻等灯花渐渐弱。
最怕约人空落，夜半时间早已等过。
痴呆看雨落，出门接又怕与客交错。
心情低落，这到底算天灾还是人祸。

南朝楼台里，谁站了千年。

005

江南春

作品　江南春

作者　唐·杜牧

千里莺啼[1]绿映红，
水村山郭[2]酒旗[3]风。
南朝[4]四百八十寺[5]，
多少楼台[6]烟雨[7]中。

注释

①莺啼：即莺啼燕语。

②郭：古代筑城，外城称为郭。此处指城镇。

③酒旗：挂在门前以作为酒肆标记的旗帜。

④南朝：指先后与北朝对峙的宋、齐、梁、陈政权。

⑤四百八十寺：南朝皇帝和大官僚好佛，在京城（今南京市）大建佛寺。据《南史·循吏·郭祖深传》载：『都下佛寺五百余所』。这里说四百八十寺，是虚数。

⑥楼台：楼阁亭台。此处指寺院建筑。

⑦烟雨：细雨蒙蒙，如烟如雾。

‖时光和弦‖

江南韵

将墨蘸，
酒旗招展了谁的早江南，
几笔重彩面映红，
画不尽，
清风明月绿千山。

爱江南，
春雨唤醒了村中小渔船，
十里青鸟鸣远山，
唱不尽，
自古多少旧缠绵。

叹！叹！叹！
南朝楼台里谁站了千年，
朝者如云雨如烟，
听不尽，
晨钟暮鼓虔诚念。

清明日

拿个弹弓打黄鹂，小心你爸揍你。

006

作品　清明日

作者　唐·温庭筠

清娥[1]画扇中，春树[2]郁金红。
出犯[3]繁花露，归穿弱柳风。
马骄偏避幰[4]，鸡骇乍开笼。
柘弹[5]何人发，黄鹂隔[6]故宫[7]。

注释

①清娥：一作『清蛾』。清，不仅写娥美，而且点出了日期是清明，时间是清晨。
②春树：春天里的树，这里指桃树。
③出犯：出，外出；犯，踏青。
④幰（xiǎn）：帐帏。
⑤柘弹：用弹弓发射的弹丸。
⑥隔：庭院的外隔墙。
⑦宫：庭院里的房子。在秦始皇之前，比较豪华的房子皆称宫。

‖时光和弦‖

清明日，村长很生气

喂，谁家的孩子这么皮，
偷偷打开了笼子放出了鸡，
任它们在打花骨朵的桃林里，
捉着虫子填肚皮，
你看它左脚抓着枯枝，
右脚刨翻草地，
新种的豆苗被弄得全是泥。
喂，还有那个穿马褂的小痞，
别以为我没看见你，
拿个弹弓打黄鹂，
小心你爸揍你，
有这玩闹的工夫，
不如照看下围栏里嘶叫的马匹。

今儿个要过清明，
昨夜又下过小雨，
这么好的天气，
城里人最是欢喜。
小子被花露弄湿了鞋底，
还个个欢声笑语，
逛个破烂小溪，
嘴里还哼哼小曲。
柳树边的凉风又大，
就不怕寒气入体，
老头我年岁一把，
看了都替他着急。
这些都不咋地，
别踩坏地里的小米，
要是长不出庄稼，
我找谁去说理？

浣溪沙・淡荡春光寒食天

007

一首少女才会懂的词牌

作品　浣溪沙[1]・淡荡春光寒食天

作者　宋・李清照

淡荡[2]春光寒食[3]天。玉炉[4]沉水[5]袅残烟。

梦回山枕[6]隐花钿[7]。

海燕未来人斗草[8]，江梅已过柳生绵[9]。

黄昏疏雨[10]湿秋千。

注释

①浣溪沙：唐教坊曲名，因春秋时期人西施浣纱于若耶溪而得名，后用作词牌名，又名『浣溪纱』『小庭花』等。分平仄两体，字数以四十二字居多，还有四十四字和四十六字两种。最早采用此调的是唐人韩偓，通常以其词为正体，另有四种变体。全词分两阕，上阕三句全用韵，下阕末二句用韵。此调音节明快，为婉约、豪放两派词人所常用。

②淡荡：舒缓荡漾之意。多用以形容春天的景物。

③寒食：节令名。在清明前一二日。相传春秋时，介之推辅佐晋文公回国后，隐于山中，晋文公烧山逼他出来，之推抱树焚死。为悼念他，遂定于是日禁火寒食。

④玉炉：香炉之美称。

⑤沉水：沉水香，一种名贵的香料。

⑥山枕：两端隆起如山形的凹枕。

⑦花钿：用金片镶嵌成花形的首饰。

⑧斗草：一种竞采百草、比赛优胜的游戏，参加者多为青年妇女与儿童。一名斗百草。

⑨柳生绵：即柳树长出柳絮。柳树的种子带有白色绒毛，故称。

⑩疏雨：稀稀落落的雨。

‖时光和弦‖

惜春

我从梦中醒来，
在梦里遗落了金钗，
闺房中香炉燃尽，
时隐时现的香气还在。
窗外邻家的女孩们斗起了百草，
可我是不是，
还在梦醒时分徘徊？
黄昏的小雨朦朦胧胧，
而我似乎，
还在梦的春光里寻那凤凰台。

我从梦里醒来，
梦见海燕讪讪归来，
江边的青梅已落，
缥缈不定的梦境还在。
窗外满天的柳絮尽是梦里情怀，
暮春里的青色呀，
悄悄越过我的窗台，
好像随风荡漾的秋千，
在我心里，
荡出一首少女才会懂的词牌。

牛郎对织女，不尽对无穷。

008

鹊桥仙·纤云弄巧

作品　鹊桥仙[①]·纤云弄巧

作者　宋·秦观

纤云弄巧[②]，飞星[③]传恨，银汉迢迢暗度[④]。

金风玉露[⑤]一相逢，便胜却人间无数。

柔情似水，佳期如梦，忍顾[⑥]鹊桥归路。

两情若是久长时，又岂在朝朝暮暮[⑦]。

注释

①鹊桥仙：词牌名，又名《鹊桥仙令》《金风玉露相逢曲》《广寒秋》等，双调五十六字，前后阕各两仄韵，一韵到底。前后阕首两句要求对仗。

②纤云：轻盈的云彩。弄巧：指云彩在空中幻化成各种巧妙的花样。

③飞星：流星。一说指牵牛、织女二星。

④银汉：银河。迢迢：遥远的样子。暗度：悄悄渡过。

⑤金风玉露：指秋风白露。李商隐《辛未七夕》有『恐是仙家好别离，故教迢递作佳期。由来碧落银河畔，可要金风玉露时。』

⑥忍顾：怎忍回视。

⑦朝朝暮暮：指朝夕相聚。语出宋玉《高唐赋》。

‖时光和弦‖

相思对

清对淡，薄对浓，
细雨对斜风。
山对海，绿对红，
离影对芳踪。

云缓缓，日朦朦，
青梅雨里藕花风。
你对我，烛对虹，
愁望对相思，
浮萍对草蓬。

花灼灼，草茸茸，
君子竹下大夫松。
我对你，蝶对蜂，
痴心对闺怨，
倾慕对情衷。

奇对偶，叠对重，
咫尺对天涯，
白昼对青葱。
我对你，抱对拥，
牛郎对织女，
不尽对无穷。

第 十 章

风景生活

罗裳沾翻了甜甜的桃花酒

001

作品　采桑子[1]·荷花开后西湖好

作者　宋·欧阳修

荷花开后西湖好，载酒来时。不用旌旗[2]，
前后红幢[3]绿盖[4]随。
画船撑入花深处，香泛金卮[5]。烟雨微微，
一片笙[6]歌醉里归。

采桑子·荷花开后西湖好

注释

①采桑子：采桑子，又名《丑奴儿》《罗敷媚》《罗敷艳歌》等。格律为双调四十四字，上下阕各四句三平韵。另有添字格，两结句各添二字，两平韵，一叠韵。

②旌（jīng）旗：古代旗帜的总称，这里指旌旗组成的仪仗队。

③幢（chuáng）：古代的一种帐幔。

④盖：古代一种似伞的遮阳物。

⑤卮（zhī）：古代一种用于盛酒的器皿。

⑥笙（shēng）：古代一种簧管乐器。

‖时光和弦‖

醉行荷香间

八月的荷花，把娇美开透，
画舫携酒，直驶到幽香尽头。
拈一片荷瓣，把碎雨轻承，
在微微细雨里，洗出翠叶的媚柔。
夏雨浇灌的西湖啊，
当得一醉方休！
来，唱一曲暗香浮动，
把这韶光挽留！
来，斟满这金色酒杯，
许未来长日无忧！
绿叶红花，掬不尽一洼风流，
盈盈的水袖舞去那昨日烦忧，
星眸流转缠绵着湿润的天光，
淡粉的罗裳沾翻了甜甜桃花酒，
且醉，
且睡，
不急着醒，
不急着走，
任船儿缓缓悠悠。

黄鹤楼

他已走，我还留。

002

作品　黄鹤楼

作者　唐·崔颢

昔人[1]已乘[2]黄鹤去，此地空余黄鹤楼[3]。
黄鹤一去不复返[4]，白云千载空悠悠[5]。
晴川历历[6]汉阳[7]树，芳草萋萋鹦鹉洲[8]。
日暮乡关[9]何处是？烟波江上使人愁。

注释

①昔人：传说三国时期费祎在黄鹤山乘鹤登仙，此处即指此人。

②乘：驾乘。

③黄鹤楼：故址在湖北省武汉市武昌区，民国初年被火焚毁，1985年重建。传说仙人黄子安因其曾驾鹤过黄鹤山（又名蛇山），遂在此建楼。

④返：返回。

⑤空悠悠：空荡荡，含有久远的意思。

⑥晴川历历：平原在眼前清晰无比。晴川，广袤的平原。历历，历历可数。

⑦汉阳：地名，湖北省武汉市汉阳区，与黄鹤楼隔江相望。

⑧鹦鹉洲：在湖北省武汉市武昌区西南，根据后汉书记载，汉黄祖担任江夏太守时，在此大宴宾客，有人献上鹦鹉，故称鹦鹉洲。唐朝时在汉阳西南长江中，现已经和陆地相连。

⑨乡关：故乡。

‖时光和弦‖

往复返

我想，他是否曾像我此刻一样，
穿过这长廊，
手抚过这缕花的木窗。
像我一样，
安坐光影里，
静听阶前槐花飘香。
像我一样，
倚在这栏杆，
看尽满城的花团锦绣，
轻掷了流年，熬老了时光。

到最后，他挥一挥袖，
这三千的繁华都没能把他挽留；
到最后，他驾鹤而走，
只留下缥缈的传说荡漾在身后。
白云悠悠天上流，
风铃檐下兀自响，
殿前青灯黄卷还依旧，
他已走，我还留，
在鹦鹉洲芳草萋萋的芦花里，
在满城的炊烟的黄昏里，
眺望家的方向。

直入淡淡水云间

003

酒泉子·长忆西湖

作品 酒泉子[1]·长忆西湖

作者 宋·潘阆

长忆西湖。尽日[2]凭阑[3]楼上望：三三两两钓鱼舟，岛屿[4]正清秋。笛声依约[5]芦花里，白鸟[6]成行忽惊起。别来闲整钓鱼竿，思入水云[7]寒。

注释

①酒泉子：《酒泉子》，词牌名之一。有两体，一为温庭筠体，为词牌正格；二为潘阆体，又名《忆馀杭》。原为唐教坊曲，《金奁集》入『高平调』。一般以温庭筠体为正格。双阕四十一字，全阕以四平韵为主，四仄韵两部错叶。潘阆体《酒泉子》，又名《忆馀杭》，双调四十八字，前段四句两平韵，后段四句两仄韵、两平韵。

②尽日：整天。

③凭阑（lán）：靠着栅门。阑，带横格的栅门。

④岛屿：指西湖中的三潭印月、阮公墩和孤山三岛。

⑤依约：隐隐约约。

⑥白鸟：白鸥。

⑦水云：云水交融，这里指西湖秋天的景色。

‖时光和弦‖

忆西湖

闲了旧时的钓竿鱼线，
冷了当日的墨砚茶盏。
独自凭栏望，
依稀处波光滟潋。

思念，
那日的西湖，只应胜眼前，
好一幅清秋水墨画卷。
水色空灵清浅，
三两个乌蓬小船停驻，
芦苇轻轻摇，
有白鸟掠起，
直飞烟波深处，消失不见。

惆怅，
谁负了这西湖清秋风情无限，
负了水色天光沧浪画苑。
那坛西湖黄酒，
早已在楼头饮光。
暮色里，
老友的笛音依稀回响在耳边。

归去，
渐轻渐无渐寂念，
辞别凡尘俗里杂事冗怨，
携钓竿长笛，
直入淡淡水云间。
留那芦花丛里，
少年的歌声一片。

坐在时光的深处，跟你话一话桑麻。

004

归园田居·其三

作品　归园田居·其三

作者　晋·陶渊明

种豆南山[1]下，草盛豆苗稀[2]。
晨兴[3]理荒秽[4]，带[5]月荷锄[6]归。
道狭[7]草木长[8]，夕露[9]沾[10]我衣。
衣沾不足[11]惜，但使愿无违[12]。

注释

①南山：指庐山。

②稀：稀少。

③兴：起身，起床。

④荒秽：指野草之类。形容词作名词。秽，肮脏。这里指田中杂草。

⑤带：一作『戴』，披。

⑥荷（hè）锄：扛着锄头。荷，扛着。

⑦狭：狭窄。

⑧草木长：草木丛生。

⑨夕露：傍晚的露水。

⑩沾：打湿。

⑪足：值得。

⑫『但使』句：只要不违背自己的意愿就行了。但，只。违，违背。

‖时光和弦‖

许多年以后

许多年以后，
我想在山上建一间屋。
用青石垒起，
干净，
下雨时长青苔也好看。
盘一亩田，
一半种瓜一半种豆，
冬天就让地荒着，
让冬虫儿安然睡在地下。
房前屋后，
养几只鸡几条狗，
或者再有几只猫，
成日里听它们掐架不休。

我还会种几棵树，
会开淡粉色的花，
风过时，
花瓣就会纷纷落下。
春日坝上放放风筝，
夏暑瓜架下躲躲雨，
秋收把箩筐装得满满，
冬雪在屋里把温暖的火盆点燃。
这时，你要是来看我，
我就在火上，
为你烤一壶苦香的老茶，
坐在时光的深处，
跟你话一话桑麻。

悠悠心生白云意

005

积雨辋川庄作

作品　积雨[1]辋川庄[2]作

作者　唐·王维

积雨空林[3]烟火迟[4]，蒸藜炊黍[5]饷[6]东菑[7]。
漠漠[8]水田飞白鹭，阴阴[9]夏木啭[10]黄鹂。
山中习静观朝槿[11]，松下清斋折露葵[12]。
野老[13]与人争席罢[14]，海鸥何事更相疑[15]。

注释

①积雨：久雨。
②辋（wǎng）川庄：即王维在辋川的宅第，在今陕西蓝田终南山中，是王维隐居之地。
③空林：疏林。
④烟火迟：因久雨林野润湿，故烟火缓升。
⑤藜（lí）：一年生草本植物，嫩叶可食。黍（shǔ）：谷物名，古时为主食。
⑥饷：送饭食到田头。
⑦菑（zī）：已经开垦了一年的田地，此泛指农田。
⑧漠漠：形容广阔无际。
⑨阴阴：幽暗的样子。
⑩啭（zhuàn）：小鸟婉转的鸣叫。鸟的宛转啼声。
⑪槿（jǐn）：植物名。落叶灌木，其花朝开夕谢，古人常以此物悟人生枯荣无常之理。
⑫露葵：经霜的葵菜。葵为古代重要蔬菜，有『百菜之主』之称。
⑬野老：村野老人，此指作者自己。
⑭争席罢：指自己要隐退山林，与世无争。争席：典出《庄子·杂篇·寓言》：杨朱去从老子学道，路上旅舍主人欢迎他，客人都给他让座；学成归来，旅客们却不再让座，而与他『争席』，说明杨朱已得自然之道，与人们没有隔膜了。
⑮『海鸥』句：典出《列子·黄帝篇》：海上有人与鸥鸟相亲近，互不猜疑。一天，父亲要他把海鸥捉回家来，他又到海滨时，海鸥便飞得远远的，心术不正破坏了他和海鸥的亲密关系。这里借海鸥喻人事。何事：一作『何处』。

‖时光和弦‖

三五七言·春雨忆

看花落，落清溪，
空林晚，雾来稀。
草深春雨细，松高飞鸟低，
一束隔年草，月高过田基。
远远淡看炊烟起，闲闲静坐听黄鹂，
不与白鹭争水泽，自得一间玲珑居。
集叶露入汤，采松槿煮茶，
熬秋葵做羹，奉岁月为藜。
寂寂山中饮食淡，悠悠心生白云意，
恍忆从前玉阶下，打马仗剑无归期。

唱过人间好，又唱松间风

下终南山过斛斯山人宿置酒

006

作品　下终南山过斛斯山人[1]宿置酒

作者　唐·李白

暮从碧山下[2]，山月随人归。
却顾所来径[3]，苍苍横翠微[4]。
相携及田家[5]，童稚开荆扉[6]。
绿竹入幽径，青萝拂行衣[7]。
欢言得所憩，美酒聊共挥[8]。
长歌吟松风[9]，曲尽河星稀[10]。
我醉君复乐，陶然共忘机[11]。

注释

①终南山：即秦岭，在今陕西省西安市南，唐时士子多隐居于此山。过：拜访。斛（hú）斯山人：复姓斛斯的一位隐士。

②碧山下：指从终南山下山。

③却顾所来径：回头望下山的小路。

④苍苍：一说是指灰白色，但这里不宜作此解，而应解释苍为苍翠、苍茫，苍苍叠用强调了群山在暮色中的苍茫之感。翠微：青翠的山坡，此处指终南山。

⑤相携：下山时路遇斛斯山人，携手同去其家。及：到。田家：田野山村人家，此指斛斯山人家。

⑥荆扉：柴门，以荆棘编制。

⑦青萝：攀缠在树枝上下垂的藤蔓。行衣：行人的衣服。

⑧挥：举杯。

⑨松风：古乐府琴曲名，即《风入松曲》，此处也有歌声随风而入松林的意思。

⑩河星稀：银河中的星光稀微，意谓夜已深了。河星，一作『星河』。

⑪陶然：欢乐的样子。忘机：忘记世俗的机心，不谋虚名蝇利。机，机巧之心。

‖时光和弦‖

唱东风

踏月影，听风栖，
分绿竹，穿紫玄，
花影深处有人语。

烛摇红，茶烟浓，
汤恰热，杯不空，
酒香仍与旧时同。

说旧事，道情同，
话今时，唱东风，
长歌一夜欢无穷。

天已白，歌未终，
情正好，笑语融。
只愿此生常相逢。

种在我心的深处，长满了整个秋季。

007

南乡子・秋暮村居

作品 南乡子・秋暮村居

作者 清・纳兰性德

红叶满寒溪，一路空山万木齐。试上小楼极目望，高低。一片烟笼十里陂。

吠犬杂鸣鸡，灯火荧荧[1]归路迷。乍逐横山时近远，东西。家在寒林独掩扉。

= 注释 =

①荧荧：灯火闪烁的样子

‖时光和弦‖

迷路的九月

九月不小心从山顶掉下来，
跌落进白天，
还夹杂着一笼树烟。
顶着山林里郁郁葱葱的耀眼，
抱着一团轻盈，
在山坳的阴影里，
摘下一丫阳光，
躲进了林间的小溪。

我坐在临风的竹楼里，
听不见远处的犬啸鸡鸣，
喝一口茶，
听风穿过高高低低的竹篱。
看一行文字，
就这样自然而然想起了你。
你是山涧里的枫林，
种在我心的深处，
长满了整个秋季。
在这个九月已经迷路的时节，
恬静地躲在云朵里，
只在月影依稀时，
给我指明温暖居住的寒林。